Bride Fit for a Prince

by Rebecca Winters

Published by Harlequin K.K., Tokyo, 2004

プリンスの花嫁

レベッカ・ウインターズ 作
吉田和代 訳

ハーレクイン・イマージュ
東京・ロンドン・トロント・パリ・ニューヨーク・アテネ・アムステルダム
ハンブルク・ストックホルム・ミラノ・シドニー・マドリッド
ワルシャワ・ブダペスト・プラハ

主要登場人物

コーリ・ラシター……………獣医。
アナベラ・ラシター…………コーリの双子の姉。愛称アン。
ドクター・ウッド……………コーリの勤務する動物病院の院長。
ニコ・テスコッティ…………機械エンジニア。愛称ニコリーノ。
エンツォ・テスコッティ………ニコの弟。
ドクター・ドナーティ…………テスコッティ家の専属の獣医。
ビアンカ・ドナーティ…………ドクター・ドナーティの妻。

1

「コーリ？　待って！」

鞄《かばん》をオートバイの後部にくくりつけ終わったコーリ・ラシターに、双子の姉アナベラ——アンが駆け寄った。もう九月だから姉と会うのは五カ月ぶりだ。いつの間にそんなに時間がたったのだろう？

　アンは相変わらず美しい。コーリはといえば、三つ編みにした灰色がかったブロンドの髪まで泥だらけだ。

「抱き締めないほうがいいわね」コーリは笑った。

「抱きつかないでちょうだい！」アンも笑い、妹に触れようとしなかった。

「ロサンゼルスにいると思っていたわ。なぜプルーンデールに来ると知らせてくれなかったの？　知らせてくれれば二、三日休みをとったのに」

「時間がなかったのよ。昨夜、話さなくてはならないことが起きて、今日サンノゼまで飛行機で来たの」

「どうしてわたしがオリヴェーロさんのところにいるとわかったの？」

「ドクター・ウッドが難産の牛の世話をしに行ったと教えてくれたのよ。まだここにいるかどうかわからなかったけれど」

「何かあったの？」

「真夜中にエージェントから電話があったの。二週間前にオーディションを受けた今度のコリー・シーヴァートの映画で大役の出演依頼が来たのよ！」

「本当に！　すばらしいわ、アン！」コーリは汚れているのをつい忘れて姉を抱き締めた。

　アンは身を引いて汚れを払った。「自分でも信じられなかったわ。その役に決まっていた女優が妊娠していることがわかったの。それですぐに代役が必要になり、わたしに幸運が回ってきたわけ！」

　アンが長年待ち焦がれていた大きなチャンスだ。だがコーリは姉をよく知っている。そんな知らせなら電話でもよかったはずだ。頼みごとがなければ、いきなりロサンゼルスから飛んでくるわけがない。

「わくわくするわ、アン！」

「わたしもよ。でもちょっとした問題があるの。昨夜、別のコンテストで優勝してしまったのよ！」

「何か問題があるの？　今度の賞金はいくら？」

　この数年、アンは数えきれないほどの美人コンテストに参加して、古風な目鼻立ちと長い脚のおかげでかなりの賞金を稼いでいた。定職に就かないまま顔を売って、やがてハリウッドスターになるというのがアンの計画なのだ。

「すごいのよ。でも、受けるわけにいかなくなったわ。すぐにセットに入らなければならないんですもの。この映画はわたしの女優としてのキャリアの出発点になるのよ、コーリ。だから助けてちょうだい。お願いがあるの」

「優勝賞品は何なの？」

「あるものに選ばれたということなの」

　コーリは眉を寄せた。「何に選ばれたの？」

「説明するから聞いて。ひと月ばかり前、ハリウッドのホームレスのためのチャリティーに参加申し込みをしたの。『王子様と結婚したいのは誰？』というコンテストよ。あるオーディションで一緒だった女の子たちから聞いて――」

「待って！」コーリはきつい口調でさえぎった。「去年のあのひどい、屈辱的な『大富豪と結婚したいのは誰？』というコンテストのことがあるのに、まだこりずに参加申し込みをしたの？」

「顔を売るためだったのよ」アンは弁解した。「幸いあのときには選ばれなかったわ。きっと選ばれていても気絶したふりをして結婚を断ったでしょうね。あの太りすぎの年とった大富豪とラスベガスの彼のホテルで結婚するのは、次点の人になったと思うわ。でも今回は違うのよ！　ゴージャスで裕福なヨーロッパの王子がはるばるハリウッドまで理想の花嫁を選びに来たのよ。とてもロマンチックで、モナコのレーニエ公がグレース・ケリーを花嫁に望んだときを思い浮かべたわ」

「それって王子の服を着た狼《おおかみ》という感じだわ」コーリは容赦なく言った。

「どうしてそんなことを言うの？　オーディション仲間たちとも、たとえ選ばれなくても宣伝になるから出る価値があると意見が一致したのよ。コンテストにはスカウトや映画監督がたくさん来るのがわかっていたんですもの。顔を売れば映画で大きい仕事が入るかもしれないのよ。その王子を見るべきよ、コーリ。わたしが選ばれて、最終選考に残った人たちと一緒にステージに立ったとき、盛装で現れたのよ。写真があるわ。ほら」アンはコーリの鼻先に写真を突きつけた。「これでも信じられない？」

王子は確かに女の子の理想、プリンス・チャーミングに似ている。濃い茶色の髪に温かい茶色の目。そしてえくぼがある。

「王子がわたしの前にひざまずいたとき、気絶しそうだったわ。彼は応募書類のわたしの写真を見たとたんに決めたとささやいて、このすばらしい婚約指輪をわたしの指にはめたの。あんなにきれいな人たちの中からわたしを選んだなんて信じられる？」

コーリは少しも驚かなかった。アンはすばらしく美しいのだ。

「それじゃ、映画に出演するのでとても忙しくなったから、結婚式を延ばしてほしいと頼んだのね？」

意味ありげな沈黙があった。「いいえ、まだなの。

話ってそのことなのよ。申し込んだとき契約書にサインさせられたの。『大富豪と結婚したいのは誰?』の契約書にはない条項が含まれていたわ」

黒いまつげに縁取られたコーリの緑色の目がきらりと光った。「また同じ失敗をしたのね。契約書にサインしたうえで競売にかけられた牛みたいに王子の前を行ったり来たりして?」

「そう言わないでよ、コーリ。わたしはその書類をちゃんと読んだんだから。読むと読まないでは大違いだわ」

「その条項ってどんなことなの?」

「彼の国に行ったら二十四時間以内に結婚して一カ月間一緒に暮らすことよ。一カ月たって、もしふたりともやめたくなったら問題なく離婚できるの。こんなにいい話はないわ。結婚する気がなくても、ただでヨーロッパに行けるうえに顔が売れるのよ」

話がなかなか核心に触れない。アンは頭をそらした。そわそわしている証拠だ。

「もし王子と本気で愛し合うようになったら、彼の宮殿で何不自由なく暮らせるわ。でも、そういう生活を本当に望んでいればの話よ。わたしはそんな生活は絶対に望まない!」

コーリはぞっとしてうめいた。姉のいちずに思い込む性格のせいでとんでもないはめに陥ったことは過去にもあったが、こんなひどいことははじめてだ。頬が怒りに熱くなる。

「王子はどういうつもりなの? そうでもしなければ女性と親しくなれないから、二、三カ月ごとにチャリティーを催して結婚しようとしているの? どこかおかしいんじゃないの? 斧《おの》を振り回す殺人鬼ではない? 危険が待っているかもしれないと考えてみた? もし妊娠したらどうする気? 王家の世継ぎができても、三十日間という契約は変更されないと本気で信じているの? それでも離婚して出国できると思う? そう思っているなら頭がどうかしているわ!」

コーリとそっくりなアンの緑色の目が猫の目のように光った。「妊娠なんかしないわ、本当よ。でもそのことが問題じゃないの。彼の家系を見れば、あなただってそんなに心配はしないはずよ」

「これがどんなに奇異で、野蛮でばかげたことかわからないの。こんな非常識な話は聞いたことがないわ。アナベラ・ラシター、どうしてそんなに自分を安売りするの? いくら映画に出たいからって最高値をつける入札者に自分を売るつもり? プライドはどこに行ったの?」

「プライドでは家賃は払えないわ」姉は言い返した。「今年いちばん出たくてたまらなかったハリウッド映画の役が回ってくるとわかっていたら、最初からあのコンテストには応募しなかったわ」

「チャリティーの委員会に、映画に出演することになったから王子の花嫁には別の人を選んでほしいと言いなさいよ」

「言おうと思ったのよ。でもだめなの。今朝飛行機に乗る前に、サインした契約書を見直してくれるよう弁護士に頼んだの。そうしたら彼、逃れようがないって言っていたわ。だからあなたに助けてもらうしかないのよ」

「いいえ、ごめんだわ」

コーリはヘルメットをかぶるとオートバイを発進させ、パイクの農園に向かって田舎道を走っていった。パイク家の三毛猫のバクスターが餌《えさ》を食べなくなったというので帰り道に寄ると約束していたのだ。

アンはレンタカーでついてきた。コーリがヘルメットのストラップをゆるめていると、追いついて写真を顔の前に突きつけた。

「もう一度これを見て。エンツォ・テスコッティ王子よ。二十八歳だからわたしたちよりひとつ年上ね。

不審なところは全然ないってわかるでしょう」

「イタリア人だったのね」コーリはうんざりして言った。「まったく、何てことかしら」

「これがイタリアのトリノまでの往復航空券よ。トリノで飛行機を降りたら、彼と側近たちがターミナルで待っているわ。ロサンゼルスから乗らなくてはならないのよ。幸いあなたは大学を卒業してからロンドンの獣医学会に行ったから、パスポートは持っているでしょう。サンノゼからロサンゼルスまでの往復航空券はわたしが買っておいたわ。トリノ行きの飛行機はあさっての便だから、ロサンゼルスには明日行ってもらわなければね。わたしのアパートメントに泊まって。朝、スタジオに行く前に車で空港まで送るわ」

コーリはかぶりを振った。「行く気はないわ。たとえ行く気があっても、仕事を休めないのよ」

「それは解決ずみよ。あなたが一カ月間ヨーロッパで過ごせて、しかも費用はすべてあちらもちだと話したら、ドクター・ウッドはとても喜んでくれたわ。あなたは働きすぎだから長期の休暇が必要だってね。帰ってくるまで仕事のほうは大丈夫だと言っていたわ。だから行って！」

「大事なことを忘れているわ。みんな人生を大きな冗談と思っているようだけど、わたしは違うのよ」

コーリは航空券と写真を姉に返した。

「あなたは深刻に考えすぎるのよ」アンはやさしく言った。「わたしはあなたとは違うわ。借金を残して死んだパパのようにはなりたくないの。ママはできるだけ節約してもまだ足りずにとうとう農場を手放したわ。あなたはママにそっくりよ」

「ママはわたしたちを食べさせるためにああするしかなかったのよ！」コーリは言い返した。

「ママにプロポーズした人が何人かいたのに、再婚しなかったわ」

「パパをとても愛していたからよ」

「だから死なれたあとはかえってみじめだったわ。そして自分は心臓発作で死んでしまって。あなたもきっと早死にするわよ。わたしはひとりぼっちになるんだわ」

「アン――」

「本当よ。あなたは獣医科大学の学資のローンを返すためにずっと死にものぐるいで働いているじゃないの。車すら買えずに中古のオートバイに乗って」

「オートバイが好きなのは知っているでしょう」

コーリの愛車は黄色と黒に塗られた一〇〇ＣＣのスポーツタイプのダネリ・ストラーダだ。この車種は十年間あらゆるレースで優勝してきたが、不思議なことに会社はもう存在していない。

「これでどこへでも行けるわ。だいいち自分のものよ！」コーリはアンのレンタカーをあてつけがましくじろりと見た。

「でも、動物病院の奥のふた部屋しかないアパートメントに住んで、北モントレー郡中の病気の動物たちが吠《ほ》えたりうめいたりする声を聞きながら眠っているじゃない。おじいさんといってもいいくらいの年齢のドクター・ウッドのところで働いていたら、恋人ができる望みもないわ。人生のほとんどの時間を牛舎か豚小屋でどろどろになって働くなんて！　最後にわくわくしたり、楽しいときをすごしたりしたのはいつ？」

「わたしには獣医としての楽しみがあるわ」コーリは再び言い返した。「もともと獣医になりたかったのよ。九歳のとき、ジャスパーが死にかけたのをドクター・ウッドが治してくれたのがきっかけでね。二、三年のうちには暮らしも楽になって、自立できるようになるわ。それまでぐちはこぼさずのんびりやるつもりよ。わたしはこの暮らしが好きなのよ」

「わたしだってそうよ！　だからこのチャンスは逃

せないの。出演料で五年間は暮らせそうだわ」

「すごい金額ね」コーリは静かに言った。「わたしもうれしいわ。でもこんな騒動を引き起こしたのは残念だわ」

「わたしのほうが残念よ。見てほしかっただけで、選ばれたかったのではないのに」

アンは目に涙をいっぱいためた。本物の涙だ。コーリは目をそむけた。姉がこんなに困ることは、めったにないのだ。

「もっと早くそう思えばよかったのに」

「あなたに何がわかるの？　獣医科大学に行くようになってからあなたは冷たくなったわ。どうしてなの？」

そうだろうか？

アンのことばに、コーリの心は傷ついた。きっと母が亡くなってから、感情を殺すようになってしまったのだろう。姉に指摘されるとは思わなかった。

「男の子をその気にさせては助けてと言ってきたくせに。代わりにデートに行ってと泣きつかれても、わたしはけっして断らなかったわ。すり替わったことを相手に絶対言わなかったし」

コーリに幸せな日々がよみがえってきた。隣家の息子のジェリーに夢中だったハイスクール時代に、アンがだれよりも頼りになる相談相手だったのは確かだ。

「わたしが頼みたいのはそのことなのよ、コーリ。わたしを助けて。明日の朝六時にメーキャップに行くようにとエージェントが言ってきたの。行かなかったら降ろされる。そればかりか、映画界から追放されてエージェントにも手を切られてしまうわ。家族のほかにだれが助けてくれる？　お願いよ」

最後の逃げ道も絶たれた。コーリは固く目をつぶった。「大変なことになるのね」

「そうそう、どんなことにも対処できるように計画を立てたのよ」

「どんな計画？」

「王子に一万ドルの小切手を切ったわ。二週間以内にお金が入るまで、それがわたしの全財産よ。イタリアに行ったら彼に正直に言って。自分は妹で、姉の代わりに来たと。コンテストがあったその夜に、映画ではじめての大役をもらったのだと説明して。そして彼に婚約指輪と小切手を渡してちょうだい。その小切手で航空券代や、そのほかわたしのために使ったお金はまかなえるはずよ。契約不履行なのだからそれでは不足だというのなら、向こうの弁護士からエージェントを通じてわたしの弁護士に言ってもらわなければならないわ。話がすんで渡すべきものを渡したら、次の便で帰ってきて。彼はいい人よ。最終予選に残ったほかの人たちは皆、すてきな人だと言って自分が選ばれたいと願っていたわ。あの人には何の問題もないわよ」

「人柄はわからないでしょう」コーリは不満そうに言った。どうやら王子と一対一で話をし、金を返して事情を説明しなくてはならないようだ……。

「そうかもしれないわ。だけどあなたが思うようなひどい人間ではないのは確かよ。わたしは選ばれたら断るつもりで応募したのではなく、契約は守るつもりだったのよ。でも、あの映画に出演できるとわかったとき、出られないとは言えなかった。ねえ、あなたはもう自分の道を着実に歩いているわ。わたしが自分の道に踏み出せるよう三日間犠牲にしてくれない？　そんなに大変なお願いかしら？」

「いいえ」コーリはすなおに認めた。過去に世話になった借りがあるのだ。

「ああコーリ、ありがとう、ありがとう」アンは汚れるのもかまわずコーリに抱きついた。

「三日間ならたいしたことないわ。次点の人と結婚するよう王子にそれとなく忠告するわね。彼女も契約書にサインさせられたんでしょう。きっとあなたと替われるチャンスに飛びつくと思うわ」

「決まっているわよ」アンはふんと鼻を鳴らして、コーリを離した。「次点の彼女は黒髪の美人、カーメル出身で建築学科を卒業しているの。あちこちの乗馬大会で優勝したときのビデオを流していたわ。どうして王子が最初から彼女を選ばなかったのかわからないのよ。わたしよりずっとプリンセスにふさわしいのに」

次点の女性がいてくれてよかった。おかげでコーリの任務も楽になりそうだ。

「病院に先に戻って待っていたら？　パイクのところでどれくらいかかるかわからないから」

「大丈夫よ。わたしは車の中で、明日の撮影のためにせりふを覚えているわ。仕事が終わったら、一緒に病院に行って荷造りを手伝うわよ」

「荷造り？　往復で三十六時間の旅なら替えの下着、きれいなジーンズと上に着るものがあればいいわ。そのくらいしか時間が割けないのよ。サランダーさんのところの馬のお産が近いから、間に合うように帰るつもりよ」

「でも王子に会うのにそんな普段着では……」アンはびっくりして声をあげた。

「わたしは王子の婚約者ではないわ。伝言しに行くだけなんだから、どんな格好だっていいでしょう」

アンはかぶりを振った。「空港で盛装をした王家の人たちに会って恥ずかしい思いをしないでね」

「王子はあなたを市場の奴隷のように買おうとした報いを受けるだけよ。あんまりひどい話で、わたしはいまだに信じられないわ」

王子は魅力的かもしれないが、頭がおかしいとしか思えなかった。だからアンを苦境から救うのは早ければ早いほどいいのだ。

二日後、コーリはミラノで通関手続きをすませたあと、近距離旅客機に乗り換えてトリノの空港に着いた。

シートベルトをはずしながらコーリは不安に駆られた。王子に会ってうまく話をつけられるだろうか。疲れはしたもののファーストクラスでの空の旅は快適だった。一時間のうちには帰りの便に乗り、着くまで眠っていられるのだ。

コーリはバッグを肩から下げて、ほかの乗客たちにまじってターミナルの到着ロビーに入った。

ロビーは人々でごった返している。華々しく出迎えられるものと思って気持ちを奮い立たせていたのに、驚いたことに何ごともない。コーリは少し歩き回ってみた。近づいてくる人がいるか、少なくともアンの名前の呼び出しがあるはずだ。

変だ。出迎えの人はまだ来ていないらしい。きっとやむをえない事情で遅れているのだろう。

だんだん人が少なくなってきた。やがてどこか危険を感じさせる風貌《ふうぼう》の男性がひとり残るだけになった。黒髪を長く伸ばした三十代半ばの男で、ラウンジの椅子に腰かけてイタリアの新聞を読んでいる。はき古したジーンズに黒の革のジャケットという格好のせいでいっそうたくましく強そうに見える。

ミラノのターミナルに着いたときから、コーリはイタリア人の男性はどこかしら魅力があると感じていた。どんな格好をしていても独特の雰囲気と優美さがあって、さまざまな国の男性の中で目立つのだ。

だから女たらしだという評判があるのだわ、とコーリは苦々しく思った。とりわけ黒髪で鷲《わし》のように鋭い目鼻立ちをしたあの男性は、彼女の胸をわけもなく騒がせた。

男がふいに顔を上げた。こちらをじっと見る真っ黒な目に出合うとコーリは全身がほてった。彼女は視線をそらし、急いで受付カウンターに向かった。

王子がすぐに来なければ、簡単な手紙を書いて小切手や指輪と一緒に封筒に入れよう。三十分もしたら帰国の便に搭乗しなくてはならないから、その前に王子に必ず封筒を渡してほしいと航空会社の従業員に頼んでいこう。

「シニョリーナ・ラシター？」

背後で聞き慣れない深みのある男性の声がした。振り向くと、人目を引くあの男性がすぐそばに立っている。コーリは息が止まった。彼は背が高い。少なくとも百八十五センチはありそうだと百七十センチの自分の身長から推し量った。

彼の黒い瞳が探るようにコーリを見つめた。顔も、背中に垂らした一本の太いお下げ髪までも焼きつくされるようだった。

「王宮の人？」

意味深長な間があった。「そのとおり。ニコといいます」アクセントのはっきりした流《りゅう》暢《ちょう》な英語で、どきどきするほど魅力的な話し方だ。

「エンツォ王子が出迎えてくださると思っていたわ」

「王子はどうしても体があかなかったので。代わりにぼくが……お世話をしに」

「あなたは？　王子のボディーガード？」

彼の口の端が上がった。「そうだと言ったら安心してくれるのか？」

安心などできそうにない。しかしそう言ったらこの男性は、自分の立場を何とでも言いつくろいそうだ。彼のからかうような横柄な態度が気にさわる。わざと待たしておいたようにも思える。

わたしが好きではないんだわ。

本能的にそう感じたが、彼を責めることはできなかった。見も知らぬ王子に体を売るためにコンテストに出場するような女性は、全世界から軽蔑《けいべつ》されても当然なのだ。

　だが、不道徳な王子に仕える人間は、主人と同じように軽蔑すべきだという気もする。

「質問に質問で答えるなんて、抜けめのない策略家でいらっしゃるようね。でも驚くことはないわね。たしかお名前はニコロでしょう。ニコロ・マキァヴェリといえば狡猾《こうかつ》な策略家の元祖ですもの。もしかしたらあなたのずっと昔のご先祖なの?」

　一瞬、どんな気持ちからか彼の目がきらりと光った。その光にコーリは恐れを抱いた。

「イタリアの政治史に詳しいんだね。王子は喜ぶだろう。きみには計り知れない深みがあるようだ。バッグはどこに?」

「持ってきてないわ」

「当然だな」ニコはなめらかな声でつぶやいた。「プリンセスになる女性はすっかり新しい衣装をそろえなくてはならない」彼は人さし指で、コーリの頬をなでた。「ビロードのようだ。エンツォ王子がまいるのも無理はない」

「これもあなたの仕事なの？　王室で買い入れた品物を吟味するのが?」衝撃を隠そうと、コーリはつっけんどんに言った。

「失礼。もうしないよ。王子のフィアンセに触れるとは、ほかの男だったら死罪になるところだ」

　コーリは冷ややかな微笑を浮かべた。「前もって側近に欠点を探し出させておくなんて、何て封建的なご主人でしょう。欠点ならいろいろあるわよ」

　彼の目が皮肉に輝いた。「この仕事がこんなに楽しいものになるとは思わなかった。ウエディングドレスは少し前に購入ずみだが、きみがほしがるものは何でも与えるよう王子に言われている。空港を出たら買い物に行こう。王室に嫁ぐのに必要な衣装をそろえるために。ローマ通りのアーケード沿いにこの国の流行の最先端をいくブティックが並んでいるんだ」彼は低い声でささやき、コーリの魅惑的な体つきを賛美のこもった目で見た。

　着古したジーンズにセーターという格好なのに、そんな目で見られるとばかにされたような気がする。

「どこにも連れていってくださらなくて結構よ。服をそろえる必要なんかないから」横柄な口調で彼女は言った。

「服がいらないなんてきみこそ理想の恋人だ。まるまる三十日間、昼も夜も新婚のベッドで楽しませてくれるつもりだと王子に知らせよう」

「ことばに気をつけて、ニコ。本性がわかるわ」コーリは激しい怒りに駆られた。

「着るものに関心がないのがさっき言った欠点のひとつか。ほかの欠点を探し出すのが楽しみだ」

ほくそえんでいる表情を彼の目から消し去ってやりたくて、コーリは言った。「わたしからだと言って、王子にこれを渡してくださる？」

　洗面道具や下着の替えを入れたバッグから、コーリは婚約指輪の入ったビロードで内張りした小箱を取り出してニコに渡した。彼は蓋《ふた》を開けてコーリの手を取った。

「この指輪が十六世紀はじめにピエモンテ家とモンフェラート家が縁組したときからのものだと知っているかい？」左手の薬指に指輪をはめられてコーリはびっくりした。彼女の手を見つめてから、ニコが言った。「なぜ指輪をしていないのかと思ったが、理由がわかった。この金の指輪はテスコッティ家の歴史上もっとも貴重なものではあるが、きみの華奢《きゃしゃ》な指には重すぎる。王家に伝わる宝石のうち、もっと今風のものを選ぶよう王子に伝えよう」

　診療の前によく洗うせいで、コーリの両手は洗剤でかぶれている。あらゆる軟膏《なんこう》を試してみたが発疹《ほっしん》はとれない。その手に触れられたとき、電流のようなものが体を貫き、彼女は手を引っ込めた。

　コーリは指輪をはずすと箱に戻して彼に突きつけ

た。「王子に渡してほしいものがほかにもあるわ」バッグから小切手の入った封筒を取り出し、彼に手渡した。

ニコは封筒を開けた。「一万ドル。王子はきみから結婚の贈り物をもらおうとは思っていないようだが、彼が喜ぶものならわかっている。その喜びにぴったりの額だ」黒い瞳が光った。「きみと結婚できるとは、彼はこの世でいちばんの幸せ者だ」

指輪の入った小箱と封筒をポケットに入れると、彼はコーリの肘に手をかけた。

「すばらしい秋の午後だ。服がいらないのなら、気分転換に市内をひと回りしようか。明日の結婚式を前にきみの王国を下見しておくといいだろう。行こうか？」

コーリはさっと腕を引いた。「あなたとどこへも行く気はないし、そのお金は結婚の贈り物ではないわ」

彼は無表情のままコーリをしげしげと見た。「震えているね。だがぼくを恐れる理由など何もない。ぼくは挙式直前のきみを命に代えても守ると誓うよ。エンツォ王子が完全に信頼しているのはこの世でぼくひとりだ」

ニコの邪気のない笑顔がかえって傲慢《ごうまん》に見えた。

「挙式直前でそわそわしているのは花婿だけらしい。きみには驚かされることばかりだ。ぼくはすっかり魅了されてしまっている」

「ねえ、ニコだかだれだか知らないけれど……正直に言わなくてはならないわ」

「今まで正直に言っていなかったのかい？」

コーリは無理やり十まで数えた。「あることを話そうとしていたのよ。最初にわたしの話を聞いてくれればよかったのに。わたしは王子が結婚相手に選んだ女性ではないわ」

ニコが面白そうな目をしたので、コーリはかっとなった。彼は尻のポケットから写真を取り出した。

「それなら、これはだれだい？」

その写真は明らかにアンが申込書と一緒に送ったものだ。

うめきそうになるのをこらえて、コーリは言った。

「似ているはずよ。わたしはアンの双子の妹コーリなの」

「コーリ」ニコはそうつぶやくと、コーリの肩からバッグを取り、パスポートを出した。そして写真の横にアンの写真を並べた。「きみの名前はコーリ・アン・ラシターになっている」

「そうよ。姉はアナベラなの。でもアンで通っているわ。父がわたしたちの両方に母の名前をつけたのよ」

彼の口もとがゆがんだ。「嘘《うそ》に決まっている。今になっておじけづいたんだろう。野心満々のハリウッドの女優がおじけづくなんてだれが思う？」

コーリは深呼吸した。「勘違いしないで。わたしは怯《おび》えているのではなくていらいらしているのよ。あなたが話を聞いてくれないから。もう一度言うわ。わたしは王子の意中の人ではないの！」

神から授かった権利があるといわんばかりに、彼はコーリの財布を開いて運転免許証を見た。

「コーリ・アン・ラシター」ニコはまたはっきりとその名を発音した。

コーリは歯ぎしりした。「これでは話が進まないわ。わたしは、姉が映画に出演することになったので結婚できなくなったと王子に説明しに来たのよ。一万ドルの小切手は、航空券とそのほかに王子が散財した分をお返しするためよ」

ニコが何も言わないので、コーリは話を続けた。

「姉は契約を破ってとても申しわけなく思っているの。本当に結婚するつもりでいたのよ。でも、コンテストの当夜にエージェントから電話があって、めったにないチャンスが来たとわかったの。逃すわけにいかなかったのよ」

　それでも相手は黙っている。コーリは猛烈に腹がたった。

「撮影は昨日からハリウッドで始まったの。アンは六時にセットに行かなければならなくなって、それで、王子に直接指輪を返し、お金を渡してきてくれないかとわたしに頼み込んできたのよ」

　この人は聞いているのかしら？

「これでも説明不足なら、アンのエージェントに言えば、弁護士に連絡をとってくれるわ。その封筒の中に、エージェントの名前と電話番号のメモが入っているから。これで言い忘れたことはないと思うわ。さあ、行かなくては。わたしの乗るミラノ行きの便の呼び出しをしているわ」

　ターミナルはまた人が増えて騒がしくなってきた。

「財布とパスポートを返してもらえない」

　コーリがほっとしたことに、彼は謎《なぞ》めいた表情を浮かべたまま、すべてをバッグに戻してから彼女に手渡した。「王子に伝えておくよ」

　やっと口をきいたわ！

「ありがとう。どうか姉が申しわけなく思っていると伝えてね。でも姉が言っていたとおり、王子がいい人ならすぐに別のフィアンセが見つかるはずよ。アンが言っていたけど、次点の人はプリンセスになりたがっていたし、うっとりするような黒髪の美人で乗馬の達人だということを王子に思い出させてあげて。ああ、そうだわ。それに大学の建築学科を出ているの。彼女こそ王子にぴったりの花嫁になるわ。急いで専用の飛行機を手配すれば明日の結婚式までに連れてこられるでしょう。じゃあ、本当に行くわ。さようなら」

2

　彼から離れてほっとした。コーリはゲートで搭乗券を係員に渡し、急いで飛行機に乗り込んだ。席についてシートベルトを締めるとようやくくつろいだ気分になれた。

　何もかも思った以上にうまくいった。当の王子に会わなくてすんでよかったのかもしれない。いくら彼のやり口がひどいと思っていても、面と向かって姉はあなたと結婚したくないのだとは言いにくい。ニコロ・マキァヴェリのほうは、さっさと忘れてしまって存在しなかったことにするに限る。彼には怖いほどどきどきさせられたが、きっと初対面の外国人だったからだ。彼に触れられたときのほてりがまだ体に残っている。

　男性に触れられてこんなふうになるのははじめてだ。それでも、もう会うこともないのだと思うと寂しい気がするのはどうしてなのだろう。

　コーリはこのごろ、自分もアンも生まれたときから普通の女の子とは違っているのだと思うようになった。友人たちはみんなもう夫がいるし、子供がいる友も少なくない。

　コーリもアンもデートする相手がいなくて困ったことはない。むしろその逆だ。それでいて、ふたりとも本気でつき合ったボーイフレンドはいなかった。カレッジでも獣医科大学でも、コーリに関心を持った学生はたくさんいたが、彼女は勉強に没頭していた。それは有名な俳優たちとデートするようになったアンも同じだった。アンも家庭におさまるより女優になりたいという望みのほうが強かったのだ。

　それが今、黒髪の見知らぬ男性の出現で、コーリは自分が欲望を持った血の通った女だったと気づいた。その意識は長いあいだ眠っていたに違いない。目覚めさせたのがイタリア人男性なのは皮肉だ。

　相手が動物でも人間でも彼女の直感はいつも当たる。エンツォ王子の側近だというあの男性は、ほかの男性とはまるで違う。周囲のすべてに見事なほど関心を示さずに座っていた彼をひと目見たときからそう感じた。

　彼が忘れられない男性になりそうだという予感がする。コーリはうろたえて小説に手を伸ばした。何としても彼以外のことに気持ちを向けたかった。

　機内の座席がだんだん埋まってきた。コーリは小説の筋に集中しようとしたができなかった。あいにく飛行機はなかなか離陸しない。

　新しいスチュワーデスが乗り込んできた。乗客のひとりひとりにほほえみかけ、ことばをかわしている。コーリのそばに来ると、彼女は言った。「シニョリーナ・ラシターですね？　一緒にいらしていただきたいのですが」

　コーリはまばたきした。「どうして？　何かあったんです？」

「わかりません。警官がふたり、お話があるそうでターミナルで待っています」

　ああ、どうしよう。ニコがもう王子に話したので、引きとめられるんだわ。あんなに簡単にすむはずがなかったのよ。

「お客様への礼儀として、わたしが代わりに呼びに来ました。警官が機内に入ってきて質問したらきっとお困りになるだろうと思いまして」

「ええ、もちろんそうだけど……この便はもうすぐ離陸するでしょう」

「お時間はとらせないとのことです」

「わかったわ。ありがとう」

　コーリは席を立ち、バッグを取るとスチュワーデスについてターミナルに戻った。制服の警官がふたり、ターミナルの入り口で待っている。

「シニョリーナ・ラシターですね？」口ひげをたくわえたひとりが声をかけた。

「そうですけど、何か？」

「シニョリーナ・アン・ラシターでしょう？」もうひとりがきいた。

「いいえ」コーリは正直に答えた。「わたしの名前はコーリです。アンは姉です」

「パスポートを見せていただけますか？」

　言われるままにバッグを開けてパスポートを出す。警官はそれを受け取って写真をあらためた。

「ありがとう」彼はパスポートを自分のポケットにしまった。「一緒に来ていただけますか？」

「どういうこと？　もう搭乗しなければならないんです」

　ふたりの警官はほほえみをかわした。口ひげのあるほうが言った。「アメリカ人の美しいフィアンセが挙式を前に精神的に不安定な状態になっていることは殿下もご承知です。しかもそれをきわめて魅力的だと思っておられるようですが、今はこらえて来てくれるようにとのことです」

「いいえ」コーリは叫んだ。「あなたがたはわかっていないわ。わたしは殿下のフィアンセではないの！　電話をかけさせてくれればすぐにわかるはずよ！」

　警官たちは笑いだした。「さあ、シニョリーナ。王子を待たせることはだれにも許されません。もっとも、妻となるあなたなら今度だけは例外にしてくれるでしょうが。殿下のところへお連れします」

　抵抗し続けたら冗談ではすまなくなる。アンの考えとは違い、一万ドルで全部片づきはしないのだ。

〝彼はいい人よ。最終予選に残ったほかの人たちは皆、すてきな人だと言って自分が選ばれたいと願っていたわ。あの人には何の問題もないわよ〟どこかに落とし穴があるのはわかっていた。コーリは今その落とし穴に思い当たった。エンツォ王子は地位のほか何ひとつ持っていないのだ！　だから王室関係者はだれも出迎えなかったし、彼は花嫁を買わなくてはならなかった。

それだからこそ彼は、王子という地位をハリウッドの大きなコンテストで利用した。援助してくれる妻を求めていたのだ！　ヨーロッパの王子に大枚をつぎ込もうとする人間など、アメリカ以外のどこにいるだろうか？

ハリウッドの軽薄な女優ほど、ロマンチックな話に弱い心とホームレス全部を養っていけるくらいの銀行預金を持った都合のいい相手がいるだろうか？

彼の花嫁選びの魂胆がよくわかった。映画界のスターには百万ドルの価値がある。そのスターを妻にできれば資産をなくす前の豊かな生活に戻れるのだ。

シニョリーナ・ラシターが自分は当人ではないと主張して契約を反故《ほご》にしようとしていると、ニコがすぐさま王子に知らせたのは間違いない。金をもっと要求するようにと助言したのかもしれない。

こうなったら恥知らずの王子その人に会って、この茶番劇にけりをつけるしかない。もとはといえば彼が貪欲《どんよく》だったために起きたことなのだ。

あの王子が実体のない地位のほか何ひとつ持っていないことを証明してやろう。そうすればアンは、大西洋のどちら側の裁判所からもばかげた契約を守れと請求されずにすむ。

ことを荒立てないほうがいい。コーリはふたりの警官に従って、近くのエレベーターで一階に下りた。

口のうまい黒髪の王子の側近の面影が浮かぶと差し迫った対面に気持ちを集中できなくなるのがしゃくだった。結婚すれば、今後アンの女優としての収入から当然の取り分が見込めるという筋書きを王子のために書いたのはニコに違いない。

最初からコーリの思ったとおりだった。ニコの体には策略家の血が流れている。でも、コーリにもスカンジナビア人の先祖の猛々《たけだけ》しい血が流れているのだ。彼が知るはずはないが……。

エレベーターが一階に着いた。コーリの緑色の目は鋭くなった。

警官たちは廊下の先のドアの鍵《かぎ》を開けた。外に出ると舗装された道路に警察のバンが止まっている。コーリは警官に助けられてバンに乗り込み、後部座席についた。窓がなくて外が見えない。

どこへ連れていかれるのかまったくわからないいまま二十分ばかり我慢していると、やっとスピードが落ちて車は止まった。

警官たちがドアを開けて、コーリを降ろした。トリノの中心部にある中規模のアパートメントの建物の裏だ。

近くの屋根つきの駐車場の一画で、ヘルメットをかぶった男性がオートバイから降りるのが目に入った。オートバイが新型のダネリなのに気づいて、コーリは目をみはった。そんなことはありえない。だってあの会社は……。

ダネリ社はいつ製造を再開したのだろう？

警官のひとりが燃えるように赤いレース用のバイクに近寄って、男に彼女のパスポートを渡したのでコーリは驚いた。短いやりとりのあと、警官はバンに戻った。バンはバックで小道を出て、呆然《ぼうぜん》としているコーリを残して走り去った。

あれが王子なんだわ。

思っていたよりもっとお金がないらしい。借金で首が回らなくて、コンテストで獲得した花嫁が救ってくれるのを期待しているに違いない。あんなすごいオートバイは少なくとも十万ドル、いやもっとしたかもしれない。

彼はヘルメットを脱いだ。乱れた髪をなでつけようともしない。

「こんにちは《ボンジョルノ》、お嬢さん《シニョリーナ》」

深い、魅惑的な声には聞き覚えがある。コーリはあえいだ。

ニコだわ！

彼が前よりもっと魅力的に見えるのがしゃくだ。

「まさか」コーリは激しい胸の鼓動を静めようとした。「王子はとっくに土地も財産もなくして、ここに住んでいるというの？」

「何と鋭いことで」

コーリは皮肉を受け流した。「正直に認めてくれてうれしいわ。姉がまだすごいお金持ちのハリウッドの有名女優でなくて気の毒だったわね。彼女が映画界に背を向けて落ちぶれた王子に身をささげようとしていたら、全然違う結末になったでしょう」

ニコは広い肩を優雅にすくめた。「選んだ男のせいではない」

「そうは思わないわ。残念ながら彼は相手を間違ったのよ。でも、姉妹のわたしにはわかるわ。アンは確かにときどきばかなことをするけれど、根はいい人間で王子に償いをしたいと思っているのよ。王子はとても洗練されたすてきな人だからわかってくれる、そしてこれ以上の賠償金を請求するはずはないと信じているわ。彼女の言うとおりで、この件がすぐにも解決すればいいとわたしも思うの。今夜のうちにはアメリカに帰らなくてはならないから」

「入って話し合わないか？」

ニコは先に立って裏口から建物に入り、階段を上った。二階には左側にドアがふたつある。ニコは足を止め、鍵を錠に差し込んだ。犬の吠《ほ》える声がする。

「待て、ヴァレンチノ！」

ドアが開くと同時に、淡い黄褐色の見事な雄のボクサー犬がニコに飛びついた。コーリは楽しくなった。ニコは玄関のテーブルにヘルメットを置いて犬とじゃれ合った。その目にはコーリがはじめて見た心からの笑みが浮かんでいる。

　ニコは犬にイタリア語で話しかけた。シニョリーナ・ラシターということばだけが聞き取れた。彼がコーリのほうを向いた。「手を出せばこの犬はギブ・ユー・ファイブをするよ」

　ギブ・ユー・ファイブとは、ふたりの人間がてのひらを打ち合わせるしぐさのことだ。

　コーリはてのひらを外に向けて上げた。ヴァレンチノはコーリがひっくり返らない程度の強さで前脚をそのてのひらに当てた。コーリはうっとりして、かがんで犬の首を抱き、とがった耳の後ろの敏感なところをなでた。

「ああ、きれいな子！」コーリはそっと言った。

　犬はそれに応《こた》えて彼女の口をなめた。

　コーリは笑いだした。「わたしもあなたが好きよ」犬の顔にキスをする。「大好き、すばらしい犬だわ」

　彼女は膝をつき、白い靴下をはいているような前脚を眺めた。完璧《かんぺき》な色合いだ。

「最高の犬ね。まさしく王者の風格があるわ」コーリは犬の頭にまたキスをしてから立ち上がった。

「ことばの壁をあっさり飛び越えたな」ニコは冷静な口調で言った。

　犬はコーリにまつわりつき、においをかいだり、足や手をなめたりした。コーリが住み込みで働いている動物病院のにおいを感じ取ったのだろう。

「わたしは動物が大好きなのよ。王子はどれくらい前からこの犬を飼っているの？」

「八年になる」

「王子はあなたに散歩させているの？」

「いつもそうだ」

「わたしが王子に仕えていたら、散歩がわたしの特権になりそうだわ」

ニコがさっと彼女を見た。コーリにはそのまなざしの意味がわからない。「部屋に行こう」

早く王子に会って話をつけたい。コーリはたくましい長身のニコのあとについて戸口を通り、居間に行った。

中古らしい家具を備えたつましい部屋だ。診療所の奥にある、ベッドがひとつしかない彼女の部屋とそっくりだ。

「エンツォ王子は確かにお金に困っているのね。自分の部屋にいるようだわ」

「それを聞いたら王子は喜ぶよ」ニコの口調にはからかっているような響きがある。「楽にしてくれ」

コーリは椅子のひとつに座った。ヴァレンチノが足もとにうずくまる。しばらく沈黙が流れた。コーリはきかずにいられなくなった。「王子はどうしてこんなに遅いの？」

「ちょっと出かけている」

彼のことばにがっかりしたコーリは、頭をのけぞらせた。「こんなときに何をしているのかしら」

ニコは向かい側のソファに座った。「結婚式が明日だから何かと忙しいんだ。すぐに戻ってくるよ」

「明日に間に合うよう次点の人を呼ぶなら、急いだほうがいいのに」

ニコはクッションにゆったりともたれ、頑丈そうな長い脚を投げ出した。「さあ、シニョリーナ。双子だなんてつまらない嘘《うそ》をまだ言い続けるつもりじゃないだろうな」

コーリはぱっと立ち上がったが、足もとの犬が驚いた様子なのでその場から動けなかった。普段だったら犬のかわいらしいしぐさに笑っただろうが、今は面白がるどころではなかった。

「電話はどこ？　アンを呼んで全部説明させるわ」

「王子は携帯電話しか使わない」

コーリはいらいらしてため息をついた。「あなただって持っているでしょう。使わせてくれない？」

「貸してあげたいが充電する必要がある」

「都合がいいわね」

　彼は広い肩をすくめた。まだイタリア製の黒い革のジャケットを着ている。皮肉がまったく通じない。

「エンツォ王子が帰ってくる前に、明日のスケジュールの打ち合わせをしよう。きみに結婚の心構えをしてもらうのがぼくの仕事だ。座って楽にしたら？　式の前から何かと大変だが、部屋でふたりきりになれたらそれで終わりではない。きみの写真を見たときから、王子は初夜を楽しみにしているはずだ。新妻に自分と同じくらいの熱意を持って新しい生活に踏み出してもらいたいと思っている。王子をがっかりさせないのがぼくの義務だ」

　コーリの顔は怒りで真っ赤になった。「わかったなんて言えるわけがないでしょう」

「そんなことはない。きみは自分の意思でぼくが王子のために作成した契約書にサインした。ローマ法王にだってこの契約を破棄することはできない」

「わたしはサインしてないわ」コーリは落ちついて言った。「サインしたのはわたしの姉よ」

　ニコはじっと彼女の目を見つめた。コーリは目をそらすまいとした。

「それが本当でも……」語尾がとぎれた。「きみにアンという名のうりふたつの双子の姉がいても、明日の挙式を取りやめることはできない」

　脅かすような口調だ。コーリは恐怖を覚えた。

「きみの姉さんがチャリティーの団体から渡されたエンツォ王子の経歴を注意深く読んだのなら、彼にはテスコッティ家だけでなくボルジア家の血も流れていることに気づいたはずだ。マキァヴェリが著書の中で、悪逆無道な王子のモデルにしたのがチェザーレ・ボルジアだというのは歴史的事実だ」ニコは身を乗り出した。「ぼくがきみなら、どうすればきみを身代わりにした姉さんが新しい夫に逮捕されずにすむかと真剣に考えるだろうな。牢獄《ろうごく》はエンツォ王子のフィアンセの入るところではない」

コーリはおじけづくまいとした。「アンはここにいないから逮捕されないわ」

「確かに。だがきみがいる……」ニコの目が黒い裂けめと思えるほど細くなった。

「エンツォ王子はわたしを花嫁にほしいのではないの」

「当然きみはプリンセスになる。その役目を果たしたあと軟禁されるだろう」

もう逃げられないとコーリは悟ったが、それをニコに知られまいとした。

「だから、こんなことを引き起こした張本人の話をしましょうよ。姉は一万ドルの小切手を王子に書いたけれど、それが彼女の全財産なの。今度の映画に出演すれば、その五倍の額を支払えるわ。いくら払えばいいの？　もし姉にお金が入らなかったら、わたしが銀行で借りられるだけ借りるわ」そうなれば、死ぬまで借金に縛られることになりそうだ。

「きみが姉さん思いなのには驚くよ。もし姉さんがいればだが」ゆっくりした彼の口調にはいらいらさせられる。「気の毒だが金の問題じゃない」

ニコはポケットから小切手を取り出して、コーヒーテーブルに置いた。

「それなら何なの？」コーリはかっとなった。「王子はなぜこんな面倒なことをしてアメリカ人の花嫁を選んだの？　もし……」彼女は意地の悪い笑みを浮かべた。「ボルジア家からの遺伝的な欠陥があることをイタリア中の女性に知られていて、忌みきらわれているのでなければね」

豹《ひょう》のように無駄のない動きでニコはまっすぐに立った。実際より大きく見える。「思ったより頭がいいな。だからこう言っても驚かないだろうが、明日の朝には結婚を承諾しているきみがいる。姉さんかもしれないが」

「ひどいわ！」

コーリが叫ぶと同時にボクサー犬は身構え、のどの奥で低くうなった。

固く結ばれていたニコの口もとにあざけるような微笑が浮かんだ。「ヴァレンチノはきみが大好きだ。驚いたな。王子にあれほどなついているのに。大声さえ出さなければ、この犬はきみを侵入者とは思わない。ほら、短い尻尾《しっぽ》を振っているだろう」

詰めていた息を吐き出して、コーリは言った。

「だましてこのアパートメントに連れてきたのね。王子には結婚式まで会えないんだわ」

「やっとわかったようだね」

ハンサムな彼の顔から勝ち誇ったような表情を消してやれたらどんなに胸がすっとするだろう。

そのとき、逃げる方法がひらめいた。うまくいかなかったらほかの策を考えるまでだ。

「明日の結婚式の前に、哀れな囚人の最後の頼みを聞いてくれない？」

ニコは温かな笑顔を見せた。あまり意外だったので、コーリは心臓が飛び出しそうな気がした。「執行猶予願いを別とすれば、何でも聞くよ」

「本当なの？」コーリはわざと少し声を震わせ、怯《おび》えたしおらしいふりをした。

「言ってみればわかる」

「さっき言ったでしょう。市内をひと回りしてもらえない？」

「もちろん。リムジンを用意させよう」

「いいえ。あなたのオートバイに乗りたいのよ」

室内が妙にしんとなった。彼は予想もしていなかったのだ。コーリはうれしくなった。

「前に借りた映画のビデオで、アメリカ人女性が男性のオートバイの後ろに乗ってナポリを走る場面を見たの。オートバイで狭い通りや路地を走り抜けていくのがとても楽しそうだったわ。車では行けないわくわくするようなところに行けるのね」

ニコは無意識にあごをなでた。「トリノは長い公園道路や庭園や遊歩道のある北の都会で、道は直角だ」

コーリは聞こえるようにため息をついてから目をそらした。

「いいのよ、ニコ。わかっているわ。本当よ」小さな子供に言うような口調だ。

不審そうに黙ったあと、彼はきいた。「何がわかっているんだい？」

しめた！　思ったとおり興味を持ったわ。

「あなたには明日までわたしを守る責任があるということよ」

「それで？」ニコはいらいらしてきいた。コーリが視線を戻すと、不可解な光を宿した彼の目と合った。

「事故を起こさないという自信がないんでしょう。プライドがあるからそう言えないのね。イタリアの男性がどこの国の人よりプライドが高いのは知っているわ」

ニコは皮肉な微笑を浮かべた。「それよりぼくはきみの女性らしい感性を大事にしたい。ぼくにしっかりとつかまらなくてはならないだろうが」コーリは彼が低い声の魅力を自分で知っているに違いないと思った。「きみが本気でオートバイに乗りたいのなら、エンツォ王子の美しいフィアンセの願いを断る気はまったくない」

コーリはまた目をそらした。第一の目的を達したと思うとわくわくする。だが、次の関門も簡単に突破できるとは思えなかった。

「浴室は廊下の先の右側だ。王子のヘルメットを探してくるから、そのあいだにさっぱりするといい」

コーリは眉を寄せてみせた。「でも、映画では女性はヘルメットをかぶらずに――」

「映画とは違う」ニコがぴしゃりとさえぎった。

「もしきみにけがでもさせたら、ぼくは自分を許せなくなる。王子がどう思うかに関係なく」

　彼は両手を腰に当てて立っている。実に男性的で力強く、魅力的だ。彼にしっかりしがみつくことを思うと、コーリは体が震えた。

「もし気が変わったのなら……」

　今度はニコが逆襲に出た。コーリに前言を撤回させようとしている。

「いいえ。すぐに支度できるわ」

「それはよかった。もうじき暗くなるからね」

　コーリは廊下のほうに歩いていった。足に力が入らないのは彼のせいだ。

　ヴァレンチノがついてきた。浴室のドア越しにのどの鳴る音が聞こえる。ドアの前で番をしているのだ。コーリの飼い犬クロエと同じ音をたてている。クロエを思い出すと会いたくてたまらなくなった。

　支度をすませて玄関ホールに行くと、ニコが黒いヘルメットをかぶり、もうひとつを小脇《こわき》にかかえていた。

　ニコは座った犬にイタリア語で早口に何か言ったあと、ドアを開けた。

「先にどうぞ」彼は言った。コーリは先に立って階段を下り、建物の外に出た。オートバイのそばに来たときには、ニコはもうヘルメットをかぶっていた。

　オートバイに書かれた車種名が読み取れた。ダネリNT1の高性能のバイクだ。

「これはいくらぐらいするの？」

「リラで？　それともドル？」ニコは面倒くさそうにきいた。

「ドルでよ」

「少なくとも十五万ドルか、もっとかな」

　思った以上だ。「これが買えるほどの高給を、落ちぶれた王子様からもらっているわけね」

ニコは無視してもうひとつのヘルメットを彼女にかぶせ、あごのストラップを留めた。鋭い目で彼女の目を見つめてから、バイクのペダルを下ろした。

コーリは立ったままでぼうっと見ていた。彼はバイクにひらりとまたがり、力強いエンジンをかけてから、彼女のほうを向いた。

「乗ったら足をペダルにのせて、腕をぼくのウエストに巻きつけ、両手の指を組み合わせるんだ。それだけでいい」そう言うと、ヘルメットのシールドを下ろして、コーリが乗るのを待った。

ひと目見たときから危険な男だと思っていた。こんなオートバイに一緒に乗れるどころか近寄ることさえ想像もしていなかった。十秒もしないうちに時速百キロというスピードを出すことができるのは間違いない。電光のようなスピードを体感できると思うとわくわくする。こんな状況でなかったら、どんなに楽しいときが過ごせたか知れないのに。

ニコがクラッチをつないでギアを入れた。コーリは胸がどきどきした。乗るなら今だ。

コーリはニコの後ろにまたがり、肩にかけたバッグを具合よくおさめた。

「いいわよ」スニーカーをはいた足をペダルにのせる。ヘルメットのシールドを引き下ろして、ニコにもたれ、筋肉の引き締まった彼のウエストに両腕を回した。両手の指を組み合わせたとたん、オートバイは生き物のように飛び出した。

ニコはオートバイを操って小道を抜け、通りに出た。スピードがぐんぐん増して、すべてがぼやけて見える。オートバイは文字どおり飛ぶように公園道路を駆け抜けて、ハイウエーに合流した。

3

最高に気持ちがいい。

ニコは驚くほど巧みに車のあいだを縫ってオートバイを駆った。曲がるときは大胆で、しかも息をのむほど正確だ。熟達した運転ぶりはプロのレーサーを思わせる。

王子の用がないときは、レースに出ているのかしら？　だからこんなオートバイが買えたの？　それとも特別にスポンサーから提供されたものだろうか。

もしかしたら世界一のライダーと相乗りしているのかもしれない。そう思うとコーリの全身を血が駆けめぐった。巧みな運転のうえ、ニコは彼女の身に危険がないよう注意を払っているのだ。

彼はどこに連れていく気だろう？　ハイウエーはトリノの中心部を離れて郊外に向かっているようだ。何百年も前の建物や、バロック様式の宮殿が飛ぶように過ぎていく。

太陽が地平線に沈むころには、トリノの四本の川も何キロも続く公園道路もはるか後方に去っていた。オートバイは高い山々の谷間に差しかかった。ぶどう園が斜面にパッチワークのように並び、芳醇《ほうじゅん》なぶどうの香りがふたりを包む。

空気はしだいに冷えてきた。コーリの体にニコの体温が伝わってくる。精錬されるふたつの熱い金属のように互いの体が溶け合っていた。この一体感は表現しようがない。

こんなすばらしい走行が終わってほしくない。ニコが道路を離れて、茂みの中の小道に入っていったとき、コーリはがっかりした。彼はここを知っているのだ。ひと休みしてから市内に引き返すのだろう。

間もなくきれいな山荘に着いた。柱廊《ポルチコ》がある地下室付きの二階建てだ。外壁は淡いオレンジ色で、緑色の鎧戸《よろいど》が下りている。

ニコはギアを落としてがらんとした中庭にバイクを止めた。コーリは計画を思い出した。だれもいないようだ。逃げるには絶好の機会だ。ほかに機会はないかもしれない。

コーリは急いでオートバイを降り、ヘルメットのシールドを上げた。ニコが降りるのを待ちながらあたりを見回す。空を背景に糸杉の木々が黒く浮かんでいる。夜が近いのだ。オートバイのヘッドライトを頼りに山越えの道を探そう。

ニコがオートバイから降り立つとすぐ、彼女は言った。「すばらしい乗り心地だったわ。町へ戻る前に、少しだけひとりで乗らせてもらえない？」

ニコはまだヘルメットをかぶっていて、表情は読み取れない。彼はシールドを上げた。

「どうぞ」

「乗るのに手を貸してくれない？」

うんざりしたのか、ニコは小さな声を出した。それでも無駄のない動きで、やすやすとコーリを座席にまたがらせた。

「大好きなプレゼントを開けるクリスマスの朝よりわくわくするわ！　計器類のライトはどこ？」

ニコはすばやく手を伸ばし、イグニッションに差し込まれたままのキーを回した。手がコーリの胸をかすめる。その感触に彼女の脈拍が速くなった。

「す、すばらしい芸術作品ね、そうじゃない？」コーリの声はうわずった。体がひどく震える。

「オートバイのこと？」

コーリの頬がさっと赤くなった。だが暗かったので見られずにすんだ。

ニコがあごのストラップに手をかけたのでコーリは驚いた。彼はヘルメットを脱ごうとしているのだ。

どうして？　すぐに市内に引き返すのに。コーリは彼のこのすきこそ行動を起こすチャンスだと思った。

　ニコがヘルメットを持ち上げた。そのときをねらって、コーリはスタンドを後ろに蹴《け》り、スタートボタンを押し、同時にクラッチをつなぐと、オートバイは弾丸のように飛び出した。

　イタリア語で悪態をつく声が背後で聞こえたが、すぐエンジン音にかき消された。できる限り時間を稼げますように。コーリは舗装されていない道を全速力で走った。

　アメリカ大使館に行けたら、帰国できるよう助けを求められる。ニコはオートバイの返却を大使館に申し立て、アンは弁護士を通してエンツォ王子と話をつけるだろう。

　七、八キロほど走ってモンフェラートの小さな町を抜けた。さらに一キロばかり行くと、スピードが落ちたような気がした。低速ギアに切り替えてエンジンを吹かす。

　何も変わらない。

ガソリンのメーターがゼロを指している！

コーリはしかたなく路肩に寄って止まった。

　親指を立てて通りかかる車を止めたいが、十五万ドルもするオートバイを置き去りにはできない。押して移動するには重すぎる。オートバイに乗った人が通りかかるのを待って、金を払ってモンフェラートまで戻れるぐらいのガソリンを買ってきてもらうしかなさそうだ。

　古いブルーのトラックがこちらにやってくるのが見えた。運転手は速度を落として路肩に止め、ヘッドライトをつけたまま車から降りてきた。

　長身のがっしりした男性が、片手にガソリンの缶、もう一方の手にヘルメットを持って近づいてくる。だれだかわかったとき、コーリの足は震え出して止まらなくなった。

ニコのように美しい男性はいない。動物は美しさで等級をつけられる。ヴァレンチノはボクサー犬の中では最高級だ。もし男性のコンテストがあったら、ニコはグランドチャンピオンの栄光に輝くだろう。彼に魅せられている自分に気がつくと、敵と思うのが難しくなってくる。

すぐにガソリンがなくなるとわかっていたから、コーリを見つけ出すのは簡単なことだったのだろう。あの山荘に立ち寄った理由もわかる。山荘の持ち主は友人で、喜んでガソリンを提供したりトラックを貸したりしてくれたに違いない。

「きみを見くびっていた」彼は深い冷ややかな声でそう言い、ヘルメットを脱いだ。「二度とこんなことはさせない」

さげすむような黒い目で一瞥《いちべつ》されると、コーリは自分でも驚くほど傷ついた。

彼女を無視してニコはオートバイに近づき、燃料タンクの蓋《ふた》を開けてガソリンを入れている。そのあいだコーリは震えていた。神経が高ぶっているせいもあったが、寒くもあった。

ニコはガソリンを入れ終わり、缶を道路脇《わき》の草むらにほうり、それから意外にもジャケットを脱いだ。

「着たまえ」ジャケットをコーリに差し出した。

コーリはかぶりを振った。「いいのよ」

「きみが結婚式にひどい風邪をひいていたら、エンツォ王子はけっして許してくれない。着なければ無理にでも着せるぞ」

彼は本当に着せかけるに違いない。コーリは首から下げたバッグの上からジャケットを着て、ファスナーを閉めた。防弾チョッキに使用されるほど強い合成繊維で裏打ちされた重い革のジャケットには彼のぬくもりが残っていた。何て暖かくて気持ちがいいのだろう。だが、その思いを彼に知られたくなかったし、満足そうな顔をされるのもいやだった。

「オートバイに乗るんだ、シニョリーナ」彼は厳しい口調で言った。

コーリは彼の後ろに座って、硬く引き締まったウエストに腕を巻きつけた。厚いタートルネックのセーターを着た彼の体温が伝わってくる。

ニコはブーツをはいた足でスタンドを蹴った。

「トラックはどうするの？」

「人のものに気を遣うのが少し遅かったようだな」

手厳しく言われてコーリのうしろめたさは募った。

ニコはオートバイを反対側に向けた。前のときと同じように道が押し寄せてくるような気がする。目もくらむようなスピードで、オートバイはモンフェラートの町に向かって走った。しかし、今のニコはコーリに注意を払ってはいなかった。

彼女がオートバイに乗れるとわかったので、思う存分スピードを出しているらしい。怒っているのでなおさらだ。二度と逃げ出すすきを与えたくないのだとコーリは悟った。

電話をかけさせてもらえないなら、別の方法で助けを呼ばなくてはならない。とらわれ人が敵から逃げようとするのは当たり前のことだ。

どうしてもエンツォ王子と結婚はできない。

絶対できない！

数分後、ニコの低い声がした。「先にどうぞ、シニョリーナ」

彼はさっき出てきた山荘のドアを開けていた。二階は閉めきってあるらしいが、一階には人が住んでいるようだ。

ふたりは広々としたキッチンに入った。床には特別に注文したタイルが敷き詰められている。オーブンで何か焼けているらしく、いいにおいがする。空腹のコーリは唾《つば》がわいてきた。

ニコはヘルメットを脱ぎ、続いてコーリのあごのストラップをはずした。コーリは横を向いた。彼がすぐそばにいたり、触れられたりすると平静ではいられなくなるからだ。

　ニコはコーリが脱いだジャケットをヘルメットと一緒に壁際のサイドテーブルに置いた。

「奥に客用の浴室がある。ひと休みしたら食事にしよう」

「ここはだれの山荘なの？」

「友人のだ。山のもっと上に管理人の夫婦がいる。明日の朝までここで眠ろう。それから式を挙げる教会にきみを連れていく」

　言い争っても無駄だ。何を言っても聞いてくれないに決まっている。今は表向き彼の言うとおりにして、脱出の方法を考えるしかない。

「こっちだ」数分後、コーリが浴室を出るとニコが呼んだ。暖炉に火が燃えている。ふたりは暖炉の前のテーブルに向かい合った。夜になって少し冷えてきたので、暖かいのはうれしい。

　コーリは旺盛《おうせい》な食欲で子牛の肉とパスタを食べたが、ニコがグラスについだワインは断った。酒は飲まない。それに逃げるまでは酔ってなどいられない。

　窓に格子がないことは確かめてある。ニコがベッドに行ってしばらくしたら窓から逃げ出し、森を通って道路に出る。トリノまではヒッチハイクできるだろう。

　ニコはワインのグラスを飲み干し、木製の椅子にもたれて長い頑丈な脚を足首で重ねた。尊大な男がするしぐさだ。

「明日の朝の式については心配いらない。テスコッティ家専用の礼拝堂で、王子の家族だけが立ち会い、イタリア語しか話さない司祭が執り行う。必要なときに〝誓います〟と英語で言うように求められるからそう言えばいい」

　コーリはテーブルを押して立ち上がった。「教会に引っ張っていかれたって何も言わないわよ」

ニコは冷ややかなあざけりの目でコーリをちらりと見た。「問題ない。きみが黙っていても王子は答える」

コーリは怒りに震えた。「ウエディングドレスだって着ないわ！」

「お好きなように。きみと同じように王子も着るものには興味がない。何も着なくたっていい……」

全身がかっと熱くなる。「こんなばかげた話を神がお許しになると本気で信じているの？」

「神にきけないからわからない」ニコは立ち上がった。「忘れてならないのは、この結婚は教会と国の認めた合法的なものだということだ」

コーリは怒りのあまりことばも出ない。ニコはかまわずテーブルの上を片づけて蝋燭《ろうそく》を吹き消した。

「夜ももう遅い。美容のために十二時前に寝る習慣はないかもしれないが、ロサンゼルスから来たのだから疲れているだろう。寝室は浴室の右側だ。いい部屋ではないが清潔だ。さあ」

食事をしたので元気は取り戻せた。それでも早く寝室に行って脱出計画を練りたい。だが、寝室に入るとコーリの望みは打ち砕かれた。何年もだれも使ったことがないような殺風景な部屋だった。

「どちらのベッドがいい？　窓際のか、それともドアの近くの？」

「寝たくなんかないわ！」かっとなって、彼女は言った。

「寝る気になったときのために言っておくが二階は閉まっている。でも心配しなくていい。ぼくは今まで恋人たちに、いびきをかくとか眠ったまま歩き回るとかで非難されたことはないから。だがきみにそういう悩みがあってそのために怯《おび》えているのなら、王子には絶対言わないと誓うよ。どうせ明日の晩にはわかることだけどね」

癇癪《かんしゃく》を起こした子供のように、コーリは窓際のベッドの上にバッグをほうり出し、窓に近寄った。縦に長いガラス窓で簡単に開きそうもない。

「試してみるか……」ニコがささやいた。

コーリが振り向くと、彼はもうドア近くのベッドにブーツをはいたままで長々と横になっていた。

コーリは部屋から駆け出し、玄関の戸口に急いだ。思ったとおり鍵《かぎ》がかかっている。

キッチンの窓は開かないようになっている。まさしく閉じ込められてしまったのだ。

コーリは暖炉の前の床にぐったりと腰を落とした。立てた膝を両腕で抱いて消えかかった炎を見つめた。

ニコが相手ではどうしようもない。祭壇で王子と顔を合わせてから、列席の人々が驚くのもかまわず逃げ出すしかなさそうだ。

しかしニコのことだ。式が無事に終わるように見張りを置くのは間違いない。もしその場から逃げ出せても、式場の出口のドアは開かないだろう。王子に式をやめさせるしか逃れる道はなさそうだ。

どうすれば取りやめてもらえるだろう?

コーリはあれこれ考えた。一時間ほどして見込みのありそうな案がひとつだけまとまった。

それにしてもとんでもない考えだ。ほかの場合だったら、思いもよらないことだ。

しかし、コーリは必死だった。

暖炉の火が消えると、コーリは立ち上がって寝室に引き返した。実行に移すのは今しかない。

彼女の看守はまだ服を着たままでベッドに横たわっている。窓から差し込む月光に筋骨たくましい体の輪郭が浮かび上がっていた。

「ニコ?」コーリはささやいた。

「うん、シニョリーナ?」彼は眠そうに返事をした。

コーリは唾をのみ込んだ。彼は眠っていたのだろうか。「暖炉の火が消えたわ」

「しかたがないさ」

「わかっているわ。でも、わ、わたし……。寝たいのだけど、寒いのには慣れてないのよ。窓際は寒いし、毛布は薄すぎるわ」

「それなら位置を交換しよう」彼はさっと立ち上がった。「ここで寝るといい」シーツと毛布をまくって、コーリに示す。

コーリはもぐもぐと礼を言った。靴と靴下を脱いでベッドに横になった。

頭を枕《まくら》にのせると、ニコはシーツと毛布をコーリにかけ、部屋を横切って窓際のベッドに寝た。体にさわらないように気をつけているのがわかる。

さっきまでのニコの態度からして、うまくいくとは思えない。彼はこの状況につけ込む気はないのだ。

もっと強く押してみなくては。そしてキスをさせるように仕向けよう。そうすれば護衛のためにあなたがよこしたのは信用ならない男だったと王子に言える。わたしが傷ものになったとわかれば、王子は式を中止するだろう。

わざと聞こえるようにため息をついて、コーリは起き上がった。

「今度は何だ？」声を低くしてニコがきいた。

「まだ寒いの。だから髪をほどこうと思って。少しは暖かくなるかもしれないから」

ニコはうんざりしたような声を出して部屋から出ていき、オートバイ用のジャケットを手にして戻ってきた。コーリの髪はほどけて肩に垂れていた。

「横になって。これをかけてあげるから」

こんなことを言われるとは思わなかった。コーリのもくろみはすっかりはずれた。彼女は勇気をふるって言った。「ありがとう。でもわたし、ひとりで寝るのに慣れていないの。だれかのぬくもりが必要なのよ」

暗くてニコの顔はよく見えない。「昨日まで一緒に寝ていた男は、きみがこれから三十日間エンツォ王子とベッドをともにすることを知ってるのか？」

　彼の声にはとげがある。怒ったらしい。よかった。空港で会った危険なイタリア男そのままだ。

「クロエのことを言っているのよ。一緒に生まれた子犬の中でいちばん小さくて、だれもほしがらなかったの。生まれつき両方の前脚の先がなくてかわいそうなのよ。あの子と一緒に寝られないから、あなたに毛布の上で寝てほしいわ。あなたのぬくもりがあれば寝られると思うの」

　キス以上のことまでさせる気はないとわからせる必要がある。キスさえさせれば充分だ。しかもごく自然に振る舞わなくてはならない。

　妙な沈黙が部屋を満たした。ニコは上着をコーリの上半身にかけた。「これで寒くない」

「どうかしら。でも、もっと寒くなったみたい。き、きっと怯えているからでしょう」

　また沈黙があった。ニコが口を開いた。

「怯えることはない。王子はできないことを求めたりはしない。彼も契約書にサインしている」

　コーリはさっと起き上がった。「あなたが王子と親しいのはわかっているわ。だけど閉ざされたドアの向こうの男女のことはだれにもわからないのよ。あなたがいくら彼を信じていても、他人のことは保証できないわ。結婚したら何があっても不思議はないのよ」彼女は気弱そうに口ごもった。

「そのとおりだ。王子が思っていた以上に魅力的で、愛されたいと思うようになることだってありうる」

　わたしのことばをわざと曲解している。いらだちを抑えてコーリは言った。「写真を見たけど王子はとてもハンサムだわ。でも、そのことじゃないの。会ったこともない人よ。初体験は愛する人と、といつも思っていたのに！」その宣言は部屋に響いた。

「愛し合った経験がないなんて信じられると思うのか？」

「いいえ、思わないわ。軟禁している相手が別人かもしれないとさえ思っていないあなたが信じてくれるわけないでしょう？　自分自身でさえ信じられないことを」

　信じられないのはわかる。コーリは男性経験がないのが恥ずかしかった。

　彼女は寝返りを打ってニコに背を向け、ジャケットをあごまで引き上げた。誘惑してみてもだめだった。彼は引っかからない。

「昔の妻たちのように、性欲を死よりも悪い身の破滅だと思う必要はない。むしろ非常にすばらしい体験だ。きみもそこまでうぶではないだろう」

「どんなことかはわかっているわ。でも、王子の楽しみのための道具にはなりたくないの」

「トリノに着いてタラップを降りる前に考えるべきだった」

「考えたわ。でも、姉を助けたかったから王子を悪く思わないようにしたのよ。王子以外の人が来ることを考えなくてはいけなかったわ。あなたが王子に命じられた仕事しかしないのはわかるけど、今夜は少しだけやさしくしてくれるかと思ったのよ」

　ニコは理性を失わないままだ。コーリにはあまりうれしいことではない。

　アンだったら何もしなくても彼はすっかり魅了され、二階のダブルベッドのある部屋に行く気になるに決まっている。

　もっともアンだったら、イタリアに来るなりニコに向かって、まっすぐ王子のところに連れていくようにと言っただろう。

「ぼくが怖くないのか？」ニコはやさしく言った。

「ええ。王子はあなたを心から信頼しているんでしょう。それに、ダネリのオートバイに乗っている男性には恋人はひとりしかいないわ。その恋人は女性ではないけど」

のどの奥でくすくす笑うと、ニコはベッドに入ってきてコーリの背中に体を添わせた。

ああ！　わたしは何てことをしてしまったのかしら？

ニコは片腕を枕の下に滑り込ませ、もう一方の腕をジャケットと彼女の体に回した。すぐに彼のぬくもりが毛布を通して伝わってくる。漂ってくるいい香りはどんな石鹸《せっけん》なのだろう。

「どうしてオートバイにそんなに詳しいんだい？」彼の息が首筋をくすぐり、全身を震わせた。

名案どころではなかったわ！

「子供のころ、隣にお金持ちの家族がいたの。上の息子のジェリーは、家の裏にある整備用のガレージにいろいろなバイクをずらりとそろえていたわ。わたしはよくそこに行って彼とおしゃべりしたの。わたしが大きくなると、彼はバイクの乗り方や、ちょっとした修理のしかたを教えてくれたわ。すぐにわたしは、彼のオートバイ関係の古い雑誌を読むようになったの。ある日、彼は黒と黄色のすばらしいダネリ・ストラーダ100のスポーツバイクを買い込んだの。わたしはひと目で魅せられ、その車種についてできる限り学んだの。もし手放さなくてはならなくなったらきみに譲ると、彼は約束してくれたわ」

ニコの腕に力がこもった。「あの車種がミラノで造られていたころ、きみはせいぜい十歳くらいだったはずだ」彼はコンテストの申込書とパスポートでコーリの生年月日を確かめたらしい。

「そのとおりよ。ジェリーは結婚したけど、両親の家によく来るから、親しいつき合いは続いていたの。そして半年ばかり前に電話してきて、最高の調子に整備しておいたバイク数台を売ろうと思う、きみはまだダネリ・ストラーダがほしいのかときくのよ。もちろんわたしは飛びついたわ。あれは今までで最高のバイクですもの」

「まったくだ」

「まだ完璧《かんぺき》に走るって知っている？」

「そう聞いても驚かない」

「仕事がないときは、レースに出ているの？」

「昔はよく出場した」

「ダネリ社のレーサーとして？」

ニコはうなずいた。「そのうちのひとりだった」

「峠を越したレーサーとしては相当なものだわ」彼はすばらしいライダーだ。だが、それを言ってこれ以上喜ばせたくはない。

「そんなにほめられると照れくさい」

「オーナーのルカ・ダネリを知っているの？」

「ああ」頬に彼の息を感じて、コーリの爪先にまで熱さが広がった。

　彼女はニコの腕から抜け出して起き上がった。

「ダネリ社がバイクの製造を中止したのはなぜか知っている？」

　ニコは彼女を見つめて、答えようかどうしようか迷っているようだ。「第二次世界大戦のときルカの戦友だったビジネス上の右腕が急死した。ルカはやる気をなくしてしまった。製造はすべて中止となり、逆に他社は勢いづいた」

「オートバイの雑誌でそんな記事を読んだ覚えはないわ」

「彼は私的なことを公表しない」

「そのパートナーはだれだったの？」

「アーネスト・ストラーダだ」

　コーリは目を見開いた。「わたしのバイクには彼の名前がついていたのね。イタリア語のストラーダとは〝ストリート〟だから、街を走るバイクという意味だと思っていたわ」

「だれだってそう思うだろう」

「ダネリ氏はもうずいぶんお年なんでしょうね」

ニコは低い声で笑った。「イタリア男に老人はいないことを知らないのか？」

「九十歳になっても女性を追いかけるからという意味なら、イタリアの男性に限らないわ」

ニコはいたずらっぽい笑みを浮かべた。「きみはよく知っていそうだ」

コーリは呼吸を整えようとした。「ダネリ社が製造を再開したのなら、わたしがミラノで帰国便に乗り換える前に工場を訪問できない？」

「無理だ」ニコは彼女の耳もとのつややかな髪をつまんだ。「営業が始まったからには、来年売り出される製品は世界中あらゆる場所のショールームに並ぶまでは企業秘密になる」

「あなたが乗っているバイクはどうなの？」

「今年のレース用だ」

コーリは唇の内側をかんだ。「例外は認めてくれないの？」

長い沈黙があった。「エンツォ王子のコネで何とか頼めないかということかい？」

コーリはうなずいた。

「頼めるだろうな」

「お礼はどうすればいいの？　言ってくれれば支払うわ」言ってしまってからコーリは、どんな意味にとられるかに気づいた。

ニコの手が、彼女の唇の端を指先で愛撫《あいぶ》するように動く。「本当にほしいものを言ったら、王子に立てた誓いを破ることになる」

またコーリの全身にショックが走った。さっきまではニコにキスさせたいと思っていた。そうすればあの側近は信用ならないと王子に言える。だが、この数分間で何かが変わった。コーリは心から彼の魅惑的な唇を味わいたくてうずうずしてきたのだ。

「王子に知らせる必要があるの？」こんなことを言う自分が信じられない。

「いや。だがぼくは知らせる」

コーリはいらいらしてため息をつき、壁のほうを向いた。彼は彼なりに立派な人間だ。

彼の指がコーリの髪をもてあそぶ。指の動きにつれて、コーリの体に電流のようなものが走る。全身が脈打ちはじめたようだ。

「お互いのためにいい案がある、シニョリーナ」

「どんなこと?」コーリは平静な声を保とうとした。

「おとなしく明日の式に出てくれ。そうしたらダネリ氏にうまく頼んであげよう。言うことを聞いてくれたら、好きなバイクを結婚祝いとして贈るよ」

コーリはまばたきした。「何て気前がいいの。でもあなたにそんなプレゼントができるはずないわ」

「どうしてそんなことを?」

「だって王子はお金がないから、ほかに仕事を持っているんでしょう。十五万ドルもするバイクを贈れるほどの収入はないに決まっているわ。どっちみちわたしは王子と結婚するつもりはないから、こんな話は意味がないわ」

「きみには選ぶ余地はないんだ、美しい人《ベリッシマ》」

「そんなふうに呼ばないで! もう自分のベッドに行って寝たら? わたしは充分暖かくなったわ。ジャケットをかけてくれてありがとう」

「ふたりでジャケットをかけて寝ていると気持ちがいい。かまわないかい?」

「わたしのいびきが気にならないのなら」

ニコは彼女の髪を指に巻いてそっと引っ張った。

「恋人がいないのにどうしていびきをかくのがわかるんだ?」

「姉がかくからよ。わたしたちはうりふたつなの」

「ちっともかまわない」彼はつぶやくように言った。「ヴァレンチノで慣れているから、きみのいびきは気にならないよ」

「そういえば玄関ホールでわたしの番をしてくれて

いるとき、ヴァレンチノはずっと音をたてて息をしていたわね。あれは手術をすれば治るの。知らなかった？」

「王子はあのままのヴァレンチノが好きだと思う。暗い夜にあの音を聞くと心が休まる」

「ヴァレンチノは王子と一緒に寝るの？」

「毎晩寝るよ。いやかい？」

「もちろんいやじゃないわ。すてきだと思うわ」王子の評価が少し上がった。

「新婚の花嫁は、たいがい第三者に寝室にいてほしくないものだ」

「王子はコンテストの前に、すべての候補者にそれを言っておくべきだったわね」そうは言っても、アンは除外されてもいい。アンも動物が大好きなのだ。

「クロエという名のちびさんと一緒に寝る女性を選んだとは王子は幸運だったな。きみと未来の夫はかなり大事なところで一致している。新婚生活を始めるにはいいことだ。王子のベッドでふたりと二匹が一緒に眠っているのが目に見えるようだよ」

「あなたはわたしよりずっと想像力が豊かなのね」ニコと自分が情熱的にもつれ合っている場面を頭から振り払おうとしながら、コーリは吐き捨てるように言った。

「きみの犬はどんな種類だかきいたかな？」

「パグ犬よ」

「ああ……。いびきをかくので有名な種類だ」

「そうよ。そしてわたしを全力で守ろうとするの」

「ヴァレンチノはとても気に入るだろう」

「そうは思えないわ。クロエは動物もわたし以外の人間も好きではないのよ。かわいがってくれる郵便配達人でさえだめなの。あんなにいい人はいないのに」

「もしかしたらその配達人はきみに気があるんだよ。それでちびさんは危険を感じているんだ」

また話がそこに行ってしまう。「それ以上のわけがあるのよ。クロエは男性の飼い主に虐待されていたから」

ニコの手はコーリの腕の上から動かない。「ひどい話だ。でも王子は間違いなく彼女を手なずける」

「こんな会話をしても無駄だわ。よかったら少し眠りたいんだけど」

ニコを誘惑してキスだけさせようという計画は失敗した。もし彼がキスをしようとしても、わたしはうろたえて逃げただろう。どんなに結婚から逃れたくても、見知らぬ人間にキスをさせて式をやめさせるなんてできない。そんなことを考えるとは、頭がどうかしていたに違いない。

ニコのせいだ。彼がどんどん魅力的に見えてくる。できる限り早くイタリアを離れなくてはならない理由として、それだけでも充分すぎるほどだ。

「いい夢を。もっともその必要もないな。十二時間のうちにきみは本物のプリンセスになる。きみの夫になる男は幸運だ。おやすみ、シニョリーナ」

祝福のキスのように彼の唇が額に触れる。またぞくぞくするような喜びがコーリの全身を貫いた。それを彼に知られまいと身を硬くする。

彼は男性がよく言うたぐいの冗談を言っているだけだ。妹のように扱い、何もしないに決まっている。安心していい。

それなのに内心では、もっと別の形で彼と出会えたらよかったのにという気がしていた。

眠りに誘われながら、コーリはこう思わずにいられなかった。自分がただの旅行者で、トリノの空港でたまたまひとりの魅力的なイタリアの男性の目に留まったというだけならどうだったかしら、と。

もし彼がわたしをつけてきて、バイクの後ろの席に乗せて町を案内してくれたのだったら？　もしかしてそのうちふたりが恋に落ちたとしたら……。

4

「シニョリーナ・ラシター?」

ニコだ。彼の声は遠くに聞こえた。夢の中の情熱的な恋人のように呼びかけてはこない。

「さあ、結婚式の日だ! 遅れたくないだろう。コーヒーとロールパンの準備ができているよ」

結婚式の日?

急にはっきりと目が覚めて、コーリはベッドに起き上がった。

彼の腕の中でカリフォルニアのビッグサー海岸に打ち寄せる波を見ているのではなかった。ここは前の晩閉じ込められたイタリアの山荘の部屋だ。

「おなかがすいていないわ!」コーリは大声で返事をしてベッドから飛び出した。

「式の最中に倒れても知らないぞ」スニーカーをはいているとまたニコの声がした。

よかった。彼はまだキッチンにいる。

コーリは窓に駆け寄って開け、窓枠によじ登ろうとすると、中年の男が庭で作業をしているのが見えた。

「おはよう《ボンジョルノ》、シニョリーナ」彼は愛想よく挨拶《あいさつ》した。

だがコーリには、ニコが彼女を逃がさないように見張りを置いたとしか思えなかった。

「おはよう」コーリはつぶやくように返事をして窓を閉めた。しかたがない。バッグを取って浴室に行くよりほかなかった。

彼女は顔を洗って髪を編んでいると、また逃げ出す案が浮かんだ。トリノに戻るときもニコのオートバイに相乗りすることになるだろう。

信号待ちか渋滞のときに飛び降りて逃げよう。危険ではあるがやってみる価値はある。救急車で病院に運ばれてもいい。けがをすればこんな非常識な結婚は阻止できる。

コーリは浴室をあとにした。キッチンにはもうニコの姿はない。空腹ではあったが、ニコが用意した朝食ののったテーブルを素通りして玄関から明るい戸外に出た。

「やっと来たか」からかうようにニコが言った。

「結婚式にはもってこいのすばらしい秋の日だ」

まだ教会に着いてはいないのよ。

もうヘルメットをつけて、バイクの横に立っていたニコは、コーリにジャケットを着せかけ、ヘルメットをかぶせた。

バイクの向こうに昨日のトラックが止まっている。持ち主の管理人が夜のうちに戻しておいたのだろう。何の物音も聞かなかったのは、ニコの腕に抱かれる夢を見ながらぐっすり眠っていたからかと思うとしゃくだった。

「今日はきみにとって特別な日だ。トリノまで戻るツーリングを楽しむといい。さあ、乗って」オートバイにまたがってニコは言った。彼がちょっと手を動かすと、力強いエンジンが始動した。

遠くに見えるハイウエーを目指して、山荘を走り出ていくふたりに、庭にいた男が手を振った。

コーリはうめいた。信じられない。王家の紋章の旗をなびかせた二台の立派な黒のリムジンがどこからともなく現れたのだ。山道を下るふたりのオートバイを前後からはさんで護衛してくる。飛び降りて逃げる計画はこれで消えた。

リムジンの窓ガラスは黒くて中は見えないが、王子の護衛官がいっぱい乗っているに違いない。コーリが事故に遭って式に間に合わなくなってしまうことがないように警備しているのだ。

携帯電話は充電が必要だとニコが言ったのは嘘《うそ》だ

った。連絡がとれなくては細かいことまで手配できるはずがない。

どうすれば逃れられるだろう？

仮病を使っても、きっと無視されるだけだ。昼日中に誘拐されたかと思うと、コーリはパニックに見舞われた。少しでも動けば体がくっついているニコに知られてしまう。

テスコッティ家の紋章を押し立てた珍しい行列に、行きかう車の窓から何も知らない人々がぽかんと見とれている。ありったけの声で助けを求めてもだれも聞いてくれそうにない。もうトリノの郊外に入り、二台のパトカーも列に加わり、大きく警笛を鳴らして道を空けさせている。

昨日の夕方に町を出るとき見たバロック様式の宮殿のひとつが行く手に見えてきた。コーリはぞっとした。

日ごろからよく気絶する女性ならこのとき気絶しただろうが、あいにくコーリは丈夫なたちだ。王子がこんなにまでしてわたしを花嫁にする気なら、祭壇で蹴飛《けと》ばされても金切り声をあげられても文句は言えないはずだ。

すぐに王宮の門に着いた。制服を着た守衛に通されて広大な敷地に入る。王子は困窮して町のアパートメントにいても、両親は王宮内のひとつの建物に住んでいるのだろう。多くの部屋を見学者に開放して暮らしを維持しているに違いない。

王家の一族は、特権として王宮内の礼拝堂を洗礼式や結婚式に利用できるらしい。

ああ、結婚式……。わたしの結婚式。会ったこともない人と！

先頭のリムジンは生い茂った木々のあいだの道を壮麗な王宮の横の入り口に向かって進み、オートバイがすぐあとに続いた。それから急停止してニコがオートバイから降りた。

コーリがニコに助けられて降りると、おおぜいの制服を着た護衛官に囲まれた。そのうちのひとりにニコはヘルメットを渡した。

「全部あずかる」ニコはコーリのジャケットとヘルメットを脱がせ、バッグも取った。別の護衛官が受け取ろうと待機している。

コーリは唾《つば》をのんだ。「ニコ……わたしはいやなのよ」

ニコのまなざしからは何を考えているのか読み取れない。「三十日間だけだと言っただろう、忘れたのか？　そのあとで離婚したくなれば自由に出ていける」

泣きたくなった。だが涙を見せてはならない。

「でも、すべて大きな間違いなのよ。姉に電話をかけさせてさえくれたら、本当のことがわかるのに」

ニコの口もとが引き締まった。「もう遅い。きみは今、王子と結婚するんだ。ドアを入ると広間に出る。広間は礼拝堂に続いている。ぼくが祭壇までつきそって、〝誓います〟と言うときを教えよう」

コーリの涙に濡《ぬ》れた緑色の目が光った。自分の身にこんなことが起きるなんて信じられない。

ニコは彼女の気持ちを察した。「わめいたら肩にかつぎ上げて、司祭の祝福の祈祷《きとう》が終わるまで下ろさないからな。わかったか？」

コーリは頭をのけぞらせた。「くるっているわ！」

彼は冷酷な笑みを浮かべた。「まったくそのとおり。だが王子の望みだ」

「この世でいちばん甘やかされただめな男だわ！」

「彼の妻として、だれよりも先に自分の目でそれを確かめたらどうだ。先に化粧室に行くかい？」

「行かない！」

「よし。手をかけるんだ」彼は腕を出した。

頬がかっと熱くなった。「いやよ」

とたんにニコは彼女を肩にかつぎ上げた。

「下ろして、ニコ！」

　ニコはかまわず、開いているドアから中に入った。コーリの頭がくらくらしてお下げ髪が振り子のように揺れた。白い大理石の床も礼拝堂に続く回廊の壁に並んだ金縁の鏡もちらちらと視界を過ぎていく。礼拝堂からはオルガンの音が響いている。

「こんな姿で司祭の前には行けないわ！」

「司祭どころか、王子一家だってきみを典型的なアメリカ人だと思うだろう。結婚式の日に、これ見よがしに伝統を軽視する態度を見せるような。アメリカ人といえば無作法な振る舞いをすると思われている。きみがぼくの肩にかつがれて騒々しく入っていけば、好ましくない評判を裏書きするだけだ」

「よくもそんなことを！　あなたがわたしだったとしても、何とか逃げようとするに決まってるわ！」

「ぼくがきみだったら？　想像力たくましいのはきみのほうだよ」

「止まって！」コーリは彼の引き締まった腿を両手でつかんだ。彼は呼吸ひとつ乱さずに歩き続ける。

「お願い、ニコ。頼むから下ろしてちょうだい。あなたの勝ちよ……。これでいい？」

　ニコは金の横棒を渡した礼拝堂のドアの前で足を止めた。「またぼくをだますんじゃないだろうな？」

「神様を怒らせるつもりはないわ。あなたと王子がひどいことをするのを食いとめてくださるかもしれないのに」

「ぼくは喜んで神罰を受ける気だ」いらだった声でニコは言った。「じりじりしながらきみを待っている王子も同じだよ」

　彼はコーリを大理石の床に下ろした。コーリが怒りに体を震わせているのを感じ取ったのだろう。そして怯《おび》えていることも。

　コーリはもう一度あたりを見回した。いたるところに護衛官がいる。

逃げ場はないわ、コーリ・ラシター。やりとおすしかないのよ。王子から逃げるチャンスはまだあるから。式のあいだにも、初夜にも。

コーリはニコの目を避けて、金の横棒を見つめた。彼は腕を差し出す代わりに、コーリの手をつかんだ。逃げられないようにつかまえている気だ。

護衛官のひとりがドアを開けた。「中に入ったら中央の通路に向かう。それから祭壇のほうに曲がって少し歩くんだ。さあ、行こう」ニコは言った。

中央の通路に出るまで、コーリは床に敷かれた幅の狭い真紅の絨毯《じゅうたん》だけを見つめていた。ニコに引っ張られて祭壇のほうに向かう。前方が見えると頭がくらくらした。礼服やガウン、宝石で着飾った王室の人々が並んでいたのだ。

祭壇の前に濃い茶色の髪のエンツォ王子が立っている。正装の王子は写真よりももっとハンサムだ。王子の左側には、裾《すそ》の長い白いガウンに宝冠をつけた、とても美しい黒髪の若い女性が立っている。ニコは言わなかったが、王子には妹がいたのか。その横に美しいドレスを着た五十代後半から六十代はじめの女性がふたりいた。どちらも髪は黒い。宝冠をつけているほうが王子の母親なのは間違いない。きっともうひとりは叔母だろう。

コーリは右側に立っているふたりの中年男性に目を移した。黒髪の堂々とした男性のほうは王子と同じ服を着ている。それほど似ていないが王子の父親に違いない。もうひとりは叔父か、近い親戚《しんせき》だ。

儀式用のローブをまとった年配の司祭が立派な一団の前に出た。それをきっかけに皆、コーリとニコのほうを向き、ふたりが近づいてくるのを見守った。

コーリは来たくてここへ来たのではないが、それは彼女が場違いに見える言いわけにはならなかった。テスコッティ家の人々に比べ、何とみすぼらしい格好だろう。ジーンズにスニーカー、綿のシャツといういでたちが結婚式にふさわしいはずがない。しかしどうすることもできない。この恐ろしい時間が過ぎるまで顔を上げているしかないのだ。

ふたりの歩調に合わせて結婚行進曲が演奏される。コーリはよけい恥ずかしくなった。

コーリがそばに行くと、エンツォ王子はその手を取った。まじめな顔で彼女を見つめたあと、口もとにかすかな笑みを浮かべ、王子らしいしぐさで手の甲にキスをした。

アンの言ったとおり彼はすてきだ。とても美しい茶色の目と、見たこともないほど魅力的なえくぼがある。

王子はコーリが並べるように少し横に移動した。だがニコも彼女のそばを動かず、手を放そうとしない。これではだれの目にもニコが彼女の結婚相手に見えるに違いない。

司祭がイタリア語で話しはじめた。自分は白雪姫の物語から抜け出したようなこの王子と結婚するのだということ以外、コーリにはまったく意味がわからなかった。

エンツォ王子ほど魅力的な男性なら、イタリア人ばかりかどんな女性の心も射止められるはずだ。どうしてアメリカの女性を花嫁に選んだのだろうとコーリはまたいぶかしく思った。それも、ハリウッドの映画女優になりたいと思っている女性を。

エンツォ王子を近くで見ると、アンの金が目当てとは思えなくなった。お金が目的なら、三十日を過ぎて結婚生活を続けたくなければ離婚できるという条項を契約書に入れたりはしないはずだ。

この結婚には意味がない。アンと結婚しても国土も王位も手に入らないし、昔の政略結婚のように互いの国が強く結びつくこともない。

何かがおかしいのにコーリにはそれが何だかわからない。ニコは彼女のてのひらを親指の腹で輪を描くようになで続けているが、その答えの助けにはならなかった。

　ニコの指の動きは愛撫《あいぶ》のようでコーリの心をかき乱した。手を引き抜こうとすると彼はよけいに強く握り締めて、指一本動かせないようにしてしまった。

　ニコの手の感触に気をとられていたコーリは、彼に耳もとでささやかれてもすぐにはわからなかった。

「〝誓います〟と言うのは今だ。言わない気ならぼくが代わりに言う」

　司祭がやさしそうな目でコーリを見つめている。

　自分は無理やりここに連れてこられたのだと叫びたくてたまらない。だが司祭の責任でないのは明らかだ。今日という日の秘密はだれも知らない。この背信行為を裁くのは神だけだ。いつかはニコも王子もその裁きを受けることになるだろう。

「〝誓います〟と司祭に言って」コーリは怒ったようにささやき返した。

　ニコは満足そうな笑みを浮かべた。コーリは驚いた。ニコがポケットから婚約指輪を取り出して彼女の左手の薬指にはめたのだ。そして司祭にイタリア語で何か言い、司祭はうなずいて王子のほうを向いた。

　自分はエンツォ王子ではなく、ニコと結婚したのではないかという考えがさっとコーリの頭をかすめた。だがそんなはずはない。

　コーリはエンツォ王子の答えを聞き取ろうとした。土壇場になって彼が結婚をやめてくれたら。残念ながらニコが手を握り締めてきたのに気をとられて聞き取れなかった。

　オルガンの音が聞こえる。コーリは我に返り、式が終わったのに気づいた。司祭は十字を切り、通路を歩いていく。テスコッティ家の人々があとに続いた。

　王子がこちらを向くのを待つうちにコーリは気が

ついた。ニコがそばを離れようとしないことに。どうなっているのだろう。彼女は振り返り、エンツォ王子が妹の体に腕を回して皆と一緒に礼拝堂を出ていくのを見た。

ニコはコーリが逃げ出すことを恐れたに違いない。だから彼女を花婿と並んで退場させず、つかまえたままでいるのだ。

王子のアパートメントに連れ戻すまで放さない気だろうか？　だがその前に、彼女は鏡張りの回廊に並んで祝福する人々の前を通らなくてはならなかった。

司祭が一歩進み出た。「おめでとうございます、プリンセス」訛《なまり》の強い英語だ。「神のお恵みがありますように」

テスコッティ家のプリンセス。

コーリはうめいた。こんなばかな話があるだろうか？

「ありがとうございます、司祭」彼女はぼそぼそと返事をした。

ニコがイタリア語で何ごとか司祭にささやいた。コーリは驚いた。司祭は英語で答えている。「光栄に存じます」

「ニコリーノ……」

王子にそっくりな婦人が列から進み出てニコを抱き締めた。ニコが王子の両親に期待されているのは間違いない。婦人の頬に涙が伝っている。婦人とニコは早口のイタリア語でしばらく話していた。

ニコがやっとコーリを振り向き、英語で言った。「アメリカから来たコーリ・アン・ラシターを紹介します。今はテスコッティ家の一員です」

婦人はコーリの困惑に気づかず、両頬にキスをした。「こんな日が来るとは思わなかったわ。どんなに長く待ったことでしょう、ねえ、カルロ？」彼女は隣に立つ夫に言った。

近くで見ると、父親と息子は黒髪だけが同じだ。王子の父親はコーリの額にキスをした。「息子は自分にぴったりの美しい花嫁を選んだ」

ぴったりの？　王子も俳優志願なのかしら？　それでアンを選んだのだ。妻の口ききで映画に出られると思って。どうしてもっと早くそれに気づかなかったのだろう？

「ハネムーンから帰ったらここに来てね。もっと親しくなれるように」

ニコがまたコーリに代わって答えた。今度はイタリア語だ。婦人はうなずいた。

コーリは腹がたった。ニコはうまくやった気かもしれないけれど、すぐ間違いだとわかるわ。ハネムーンなんかあるわけないのよ。王子とふたりきりになれたらすぐ、逃げる算段をするのだから。

ニコはコーリを次の夫妻に紹介し、近しい友人たちだと説明した。その夫妻と握手をしたあと、彼はコーリを連れて王宮の横の戸口から外に出た。彼のオートバイが二台のリムジンにはさまれて止まっている。

王子とはひとこともことばをかわさないまま、ニコにあのアパートメントに連れ戻されるのだ。

願ってもない！　シーツをつなぎ合わせ、それを伝って窓から逃げよう。

護衛官がふたり、バッグやヘルメットを差し出した。コーリはバッグを肩にかけ、ヘルメットをつける。ニコもヘルメットをかぶり、ジャケットを着た。

彼はバイクにまたがり、コーリが乗るのに手を貸した。そしてリムジンに合図をすると、車は敷地の裏門に向かってオートバイを先導した。ほどなく二台のリムジンとオートバイの列は広い大通りに合流し、公園道路を飛ばしていった。

十五分ほど行くと、ニコは突然リムジンから離れ、交通量の多い通りを左に曲がり、川岸の民間のマリーナに入っていった。

堤防を下りると小型の船が日陰にもやっている。ニコは岸壁から渡した幅の狭い厚板を通って、オートバイを船の甲板まで乗り入れた。

乗り手の腕とダネリのような優秀なバイクがあってこそ、こんな離れわざができるのだ。ニコはバイクを船の隅のほうに寄せ、先に飛び降りてコーリが降りるのに手を貸した。

コーリはヘルメットを脱いだ。王子のアパートメントに戻らなかったことでショックを受けていた彼女は、ニコが厚板を船の床に引き上げているのをぼんやりと見ていた。

ニコがとも綱を解いて岸にほうった。そのときになってはじめて、彼女は岸に飛び移って逃げる機会を逸したことに気づいた。

川は思ったより深くて流れも速いようだ。飛び込んだら無事でいられそうにない。

「ぼくだったら飛び込もうとは思わない」ニコはそう言って船室に姿を消した。

すぐにモーターの音が聞こえてきた。彼と王子は何をたくらんでいるのだろう？　それをきき出そうと考えて、コーリも船室に入った。

船は豪華ではなかったが、浴室、キッチン、そして居間と、必要最低限のものはそろっていた。

それに寝室も。

かなりくつろげる雰囲気だ。愛する夫との本物のハネムーンだったら、どんなにこの船を好ましく思ったことだろう。

ニコは船首のドアを開け放したエンジンルームにいた。ヘルメットもジャケットも脱いでいる。くしゃくしゃになった髪も、日焼けしたあごのあたりに薄くひげが伸びはじめているのもまったく気にならない。ますます男性的で魅力的に見えるだけだ。

彼は船長の席に横向きに座り、黒い目を細めてコーリの顔を見つめた。

「サーペンティナ号にようこそ、プリンセス。きっと空腹に違いない。いい知らせがある。次のカーブを曲がるとエンツォ王子が乗り込んでくる。そうしたら食事にしよう」

コーリはドアの枠にもたれた。「あなたは腕ききね、ニコ。王子が汚い仕事を代行させるためにあなたを雇っているのは間違いないわ。それならこれを王子に返してくれない？」

彼女はまた婚約指輪をはずしてニコにほうった。

彼はそれを器用に受けとめてポケットに入れた。

「きみの王子にほかにご用は？」

そのあざけるような口調に、コーリはもう我慢できなくなった。彼にくるりと背を向けてデッキに戻る。しばらく川面《かわも》のうねりを見ていたが、このままでは船酔いすると気づいた。

彼女は目をつぶって手すりにもたれた。

王子が頭のおかしい遺伝子を持っているのではないかと疑ってはいた。でもあのころは、まだこんなことにまでなっていなかった。今日はその男性と結婚させられてしまったのだ。だからといって彼と愛をかわすつもりはない！

どこかに救命具があるはずだ。見つけたら船べりから飛び込んで、泳いで助けを求めよう。

小型のトランクが目に入る。コーリは駆け寄って蓋《ふた》を開けた。思ったとおり、十二ほどの救命具とロープ、それに短い幅広のオールが入っている。コーリはすぐに救命具を取って身につけた。

トランクの蓋を閉め、それを踏み台に手すりに上る。

「どこへ行く？」聞き慣れた男性的な声がした。はがねのように強い腕がコーリを筋肉の引き締まった彼の胸に引き戻す。

「放して！」

「川に飛び込む前に、エンツォ王子の話を聞いたらどうなんだ。船室できみを待っているよ」

　コーリはまばたきした。

　そういえばエンジン音がしない。知らないうちに接岸したのだ。

　ニコはすばやくコーリの救命具をはずした。「ひとりで歩けるかい？」

　彼を押しのけようとしても石の壁を押すようなものだ。

「タブロイド紙に書き立てられたくなかったらおとなしくするんだな。王子のボディガードだけでなく、新聞社の連中も岸をうろついて写真を撮っている」

「結構だわ！」コーリはやり返した。「そうしたらわたしが誘拐されたのがわかるでしょう」

「確かに記者たちはもう昨日の空港でのきみの対応を知っている。川に飛び込もうとするところを見られたら、広まりつつある噂《うわさ》が本当だったということになるだろうな」

「どんな噂があるの？」コーリは激怒していた。

「王子が結婚した相手は信じられないほどうぶな処女だと。今ごろみんな大笑いしているだろう」

「笑いすぎて窒息すればいいわ！」

　コーリは吐き捨てるようにそう言って船室に駆け込むと、エンツォ王子がいた。

　王子は仕立てのいいズボンとスポーツシャツに着替えていた。礼服を脱いだ彼はコーリと同じ年ごろに見え、とても親しみやすそうだ。彼はやさしい笑みを浮かべた。

「シニョーラ、まず何よりハリウッドのコンテストに参加し、契約を実行してくれたことに感謝する。きみのおかげで、ぼくは愛する女性と結婚できた。ぼくはマリアとハネムーン中だが、きみにお返しをしなくてはと考えた。ほしくても絶対に自分では買えないようなものを差し上げたいと」

コーリの全身から力が抜けた。王子はマリアという女性とハネムーン中ですって？

「わからないわ。わたしとあなたは今日結婚したのではないの？」

遠くでリムジンの警笛の音がする。

「そうだ。しかしぼくときみが結婚したのではない。行かなくては。兄がすべて説明するだろう」

「お兄さんってだれなの？」

王子は眉をひそめた。「ニコは何も言わなかったのか？」

「まだ言ってない」背後でニコの声がした。「まず食事をしてからにしよう」彼がイタリア語で何か言うと、王子はにやりとして戸口から姿を消した。

「さあ」ニコはコーリに椅子を勧めた。

コーリは狐《きつね》につままれたような気がした。椅子に沈み込んでサンドイッチとサラダを見つめた。救命具を探しているあいだにニコが食事の用意をしたに違いない。

ニコは向かい側に座ってふたつのグラスにワインをついだ。コーリは生まれてはじめて飲まずにいられない気がして、ワインを何口かすすった。

「気分がよくなった？」ニコがきいた。

「いいわけないでしょう」ワイングラスを手にしたままコーリは答えた。「どういうことか教えて？」

「昼食が終わったら喜んで話すよ」

「エンツォ王子の言ったことの意味がわかるまではひと口だって食べられないわ。彼が、わたしは妹だと思っていた黒髪の女性と結婚したのなら、わたしが今日結婚したと思える男性はあなたひとりよ」

「そうだ、シニョーラ」

コーリの手からワイングラスが滑り落ちた。幸いふたつに割れただけだったので、ニコはそれを拾い上げてテーブルに置いた。

「ありえないわ！　司祭はわたしをプリンセスと呼

んだのですもの」

「ルイジ神父には皮肉なユーモアのセンスがある」

「でも真実でなければ言わないはずよ。ああ、まさか……。あなたが王子で、エンツォは身代わりだったのね！」

　ニコは端整な顔を曇らせた。「たまたまそう生まれついただけだ。テスコッティ家の長男として二十五歳になったら王位に就き、親の決めた女性と結婚しなくてはならなかった。だがぼくにはベネデッタ王女を愛することができず、王族としての人生に向いていないとわかった。だから資産や金とともに王位を放棄した。あいにく父はそれをあてつけと受け取った。そうしたからといって家族に対するぼくの愛情は変わらないとは思ってもらえなかった。ぼくは父と口論して、着の身着のままで宮殿を飛び出した。今日の結婚で、弟のエンツォがぼくの放棄したすべてのものを受け継ぐことになったのだ」

弟ですって？

　突然、エンツォの父親の面影が浮かび、昨日のニコのことばがよみがえった。

　〝ぼくは挙式直前のきみを命に代えても守ると誓うよ。エンツォ王子が完全に信頼しているのはこの世でぼくひとりだ〟

「あなたたちが兄弟だととっくに気づいていいはずだったわ」コーリは不安そうに緑色の目を上げた。「前よりもっとわからなくなったわ。エンツォにもう恋人がいるのなら、なぜ結婚相手を探すふりをしてハリウッドまで出かけてきたの？」

　ニコの顔が厳しくなった。「ぼくに妻が必要だったからだ」

「それでもわからないわ。姉は彼の名前のある契約書にサインしたのに」

　ニコはかぶりを振った。「書類をよく読めばきみの結婚相手の王子として、エンツォではなくぼくの正式名が記載されているのがわかっただろう。弟がハリウッドに行ったのはきみをごまかすためだ。危険を冒してもそうする必要があった。きみがぼくを策略家だと言ったのは正しかった」

コーリはアンとの会話を思い出した。

〝今朝飛行機に乗る前に、わたしがサインした契約書を見直してくれるよう弁護士に頼んだの。そうしたら彼、逃れようがないと言っていたわ。だから、あなたに助けてもらうしかないのよ〟

アンの弁護士は間違いに気づきもしなかった！

ニコは謎《なぞ》めいた目でちらりとコーリを見た。「エンツォは二十五歳の誕生日にマリアと結婚し、ぼくが放棄した王位を継ぐはずだった。だが父はぼくのしたことをひどく怒って、エンツォを祝福することを拒み、ぼくの気が変わることを望んでいた。先月、マリアがエンツォの子を身ごもっていると知らされた。ふたりが父に許され、教会の祝福のもとに結婚できるようにするには何かしなくてはならない。ぼくはひと晩考えて計画を練り、翌日父に会いに行った。王子に戻るつもりはないとわかってもらったうえで、ついに自分にふさわしい女性にめぐり合ったと話した。そして両親の言い分に譲歩して、エンツォと同時に新しい道に踏み出すため、王家の礼拝堂でふた組同時に結婚式を挙げることにしたんだ」

コーリの想像を絶した話だ。

「ぼくが王宮を出てからの十年で父の怒りもやわらいできたのだろう。とうとう賛成してくれた。もちろんエンツォのためにはうれしかったが、ぼく自身にはまた別の悩みができた」

「王位と同じように結婚も性に合わないということでしょう」

「そうだ」

5

ニコは椅子にもたれ、コーリを鋭く見つめた。

「昨日も言ったように、きみは思ったより頭がいい」

彼がなぜ独身を通しているのかがわかっても、わたしは傷ついたりしない。傷つくはずがないわ！

「あなたこそとても頭がいいわ、ニコ。脚光を浴びるのが好きで頭の悪いハリウッドの女優を選んだんですもの。そういう女性ならあなたがもう王子ではないと知ったら結婚を続けるはずないわよね」

ニコの口もとが皮肉にゆがむ。コーリは挑発された。

「あなたはついていたわ。契約書にサインしたのはわたしではなく姉のアンだったのだから」

「まだ双子だと言い張るのか」姉などいるわけがないという言い方だ。

「そうよ。姉は演技以外のことにはまるで関心がないの。あなたは責任をとらずにすむわ。フィアンセの代理として役割を果たしたんだから、わたしにも責任はない。だからプルーンデールの忙しい暮らしに戻れる」

きっぱりそう言うと、コーリはチキンのサンドイッチを取った。

「ううん、すごくおいしいわ。あなたもどう？」もうひときれ味わってから、フルーツサラダを皿にとって食べはじめた。

ニコは彼女を見つめた。「プルーンデールのことを話してくれ。聞いたことがないな」

コーリはサラダの最後のひと口をのみ込んでから答えた。「アメリカに住んでいるんでなければ、ほとんど知らない、北カリフォルニアの農村よ。果樹園と動物が多いところなの」

「それで……本当に女優でなければ、きいてもいいかい。農業をやっているのか？」ニコはサンドイッチを食べながら、コーリの答えを待った。

彼女は明るい笑顔を見せた。「もちろんかまわないわ。答えはノーだけど」

ニコの黒い瞳の奥で、ある感情が動いた。「きみのことをきいたら答えてくれる？」

「まずあなたが質問に答えてくれたらね」

「何が知りたい？」

「いつ空港に行けるの？　今日中にミラノ行きの近距離便に乗りたいのよ」

「そうしてあげたいところだが、まだ約束の三十日は終わっていない。そのあいだはぼくたちが熱烈に愛し合っていて、結婚生活がうまくいっていると両親に思わせなくてはならないんだ」

コーリは怒りに顔を紅潮させた。「合法的な結婚ではないわ」

黒い目が彼女を刺した。「合法的だよ。ルイジ神父に〝誓います〟と答えてくれと何度も言っただろう。あのとききみは、アンとしてかコーリ・アンとしてかに関係なく自分で運命を決めた。疑うなら司祭にきいてみるといい」

きく必要はなかった。コーリは式のあいだ中、自分がニコと結婚しようとしているのではないかという不思議な気がしていた。昨夜は彼が夫になっている夢を見た。神のお告げだったのだろうか？

「あらゆる面でいいスタートだった。きみがひと晩機内で過ごしたままの服で教会に現れたのもよかった。新しい夫と同じような反骨精神のある人間ということを印象づけたから。言うまでもないが、ぼくの両親が長男の結婚相手に選ぶような、家柄がよくて自尊心の強いイタリアの女性はあんな格好で人前に出ない。だからぼくの相手としていかにもふさわしく見えたんだ」

〝息子は自分にぴったりの美しい花嫁を選んだ〟

ニコの父のほめことばの意味がやっとわかった。

ニコはことばを続けた。「だから、契約書に明記された期間はいてもらわなくてはならない。ひと月たたないうちにきみがイタリアを去ったら、策略だったと父にわかってしまう」

「マキァヴェリ本人にも負けない策略だわ！」コーリは激しく言った。「加担するのはごめんよ」

ニコの顔が険しくなった。「もう加担している。契約書にサインした段階で。ぼくには失うものがない。だがきみが軽率な行いをしたら、結果的に罪のない弟が苦しむことになる」

契約書にサインしたのはアンだ。それなのにコーリは胸がどきどきしてきた。「どういうこと？」

「結婚生活を送ろうともしないできみがぼくを捨てたら、父はエンツォから権利を奪うことで報復するだろう」

「どうして？」コーリは驚いて声をあげた。「このごろは怒りもやわらいできたと言ったのではなかった？」

「それはそうだ。だが、すべてぼくが仕組んだことだと知ったら、弟を痛めつけることでぼくを苦しめようとするはずだ。ぼくと違って、エンツォはいつも一族の誇りとなるような王になりたいと望んできた。改革のアイデアもたくさん持っている。彼がどんなに父親に認められたいと思っているか、きみにはわからないだろう。すべてを奪われてしまったら夢を実現できなくなる。とりわけ弟は新婚だ。ハネムーンから帰ってきてそんな事態に直面したらどうだい？　自分を頼っている身重の新妻がいるのに、生ける屍《しかばね》のように暮らさなくてはならなくなったら」

ニコはワインの残りを飲み干すと立ち上がった。

「良心がとがめないのなら、また船を出す前に降りるといい。パスポートはバッグに戻してある。ただし、気をつけてくれ。ハネムーン中のぼくたちの写真を撮ろうと記者たちが岸に群がっている。王室のスキャンダルにはどんなことでも飛びつくんだ。もっとも、弟の飛行機が離陸しないうちにスキャンダルを流したいのなら別だが……」

わたしの良心に訴えようとは、何てひどい人かしら。「契約書にサインしたのはわたしではないわ！」

ニコは険しい目でコーリをちらりと見た。「以前、ある双子を知っていた。ふたりは同時に同じ痛みを感じた。ひとりが切り傷を負うともうひとりも出血した。ひとりが助けを呼ぶともうひとりが危険を察知して駆けつけた」

「わたしは来た。おかげでどんなことになったと思うの！」

ニコはいかにもイタリア人らしいしぐさで肩をすくめた。「もっと悪いことになったかもしれない。契約書を取りかわした相手に結婚願望があったら」

奇妙なことに、コーリはそのことばに傷ついた。

「でも、どっちみち一カ月が過ぎたら、何と言ってご両親を説得する気なの？」

「そのときになったら報道陣が飛びつくようなゴシップが流れる。テスコッティ家の長男の打ちひしがれた写真が新聞に出るはずだ。どうしても乗り越えられない国民性の違いからアメリカ人の妻が離婚を決めたということで。王室の支持者たちはぼくに味方する。父も折れるしかないだろう。エンツォは望んだ道を歩いていける。彼のそばにはマリアがいて、テスコッティ一族のうち少なくともひとりだけはついに夢がかなう……」

〝ハイ！　ただ今留守にしています。メッセージを残しておいてくだされば こちらからかけ直します〟

「アン？　コーリよ。いるんでしょう。まだ仕事に出ていないのはわかっているわ。二、三分したらまたかけるから取ってちょうだい。大事な用が――」

「コーリ？」

「出てくれてよかったわ。あまり時間がないの」

時間がないわけではない。だがニコの携帯電話でかけているのだ。彼がそばで聞いているのに、長々と身内との会話を続けたくない。

「帰国する途中なのね。心配しないで。あとで話せるわ。予定どおり今夜ロサンゼルスの空港に迎えに行くわね」

「違うの。それで電話したんじゃないのよ」

「何かあったの？　声が変よ。王子があなたを困らせたの？」

「ねえアン、話せば長くなるわ。わたし……あと三十日間、トリノにいなければならなくなったの」

電話線の向こうでひゅうという声がする。「わたしが思っているとおりの理由で？」

「いいえ……」コーリは言った。「いいえ、ある意味ではそのとおりよ。だから――」

「何てこと！」アンは叫んだ。「すてきな王子にまいって結婚したというの！　信じられないわ！」

ニコはソファでコーリの横に座っている。思いがけずぴったりと体を寄せてきたので体温が感じられた。「ぼくが代わる」ニコがささやいた。

コーリは震える手で電話器を差し出した。

「こんにちは《ボンジョルノ》、アナベラ」

挨拶《あいさつ》のあと、ニコはちょっと黙っている。少なくともコーリに姉がいるのは嘘《うそ》ではないとわかったはずだ。

「ニコ・テスコッティだ。ハリウッドのコンテストで弟に会ったのは双子の姉だとコーリは言っていた。きみは新進の女優だそうだね」

アンをいちばん喜ばせることばだ。しかもニコのアクセントのはっきりした英語はこのうえなく魅惑的だ。

　コーリはうつむいた。ニコはこれから何を言う気だろうか。きわめて自然なしぐさで肩を抱き寄せられて、彼女は驚いた。

「妻の声が当惑しているようだったって？　結婚した相手がエンツォではなくてぼくだったせいだよ。弟に頼まれて彼女を空港で出迎え、ぼくたちはひと目で恋に落ちた。きみが代わりに彼女をよこしてくれて感謝している。これは運命に違いない」

　やめて、ニコ。

「ひと晩をともに過ごしたあと、正式に結婚することに決めた。ふた組同時の結婚式を挙げることに。エンツォは幼なじみの恋人と結婚した」

　コーリは船室中に響くほど大きくうめいた。ニコの腕に力がこもった。

「きみとももう身内だ。ぜひ会いたい。きっとすぐにも会えるだろう。わかるだろう？　コーリとぼくはこれからハネムーンでね。外との連絡はとれなくなるんだ。でも、まずきみにこの幸せを報告しないうちは出かけるわけにいかないからね。またコーリと代わるよ。きみと話したくて躍起になっているんだ。チャオ、アナベラ」

　ニコはコーリに電話機を渡した。

「アン？」

「あら、まあ。見かけによらないわね。今ではあなたは王族なのね。撮影所でみんなにわたしの妹はプリンセス・テスコッティだと言わなければ」

「わたしはプリンセスではないのよ、アン。ニコは何年も前に王族を放棄したの」

「彼の声は刺激的だったわ。どういうことかわかるでしょう。何歳なの？」

「エンツォよりは年上よ」

　ニコの唇が頬に触れた。「三十五歳だ」

「少なくともドクター・ウッドと同世代ではないわね」アンがからかった。

「ダネリを乗り回すところを見ると、まだもうろくしてはいないようよ」

「オートバイを持っているの？」

「わたしも運転したのよ」コーリは自慢した。逃げ出したことを思い出させるつもりか、ニコが腕を強く締めつけた。

「こんなに早く進展したわけがわかったわ。彼の写真をファックスで送ってくれる？」

「や、やってみるわ。アン……もう切るわね」

「待って。ひとつだけ聞かせて。あなたがはじめてだったのは知っているわ。昨夜はどうだった？」

大胆に誘惑したつもりがひどいことになったのよ。

「その話はあとでね。バイ」コーリは電話を切った。

ニコは彼女を一瞥《いちべつ》してから電話機を受け取った。

「船を出す前にシャワーを浴びたいだろう？」

「ええ、ありがとう」

「きみのあとでぼくも浴びよう。必要なものは全部浴室にそろっている。棚に清潔なスエットシャツがあるから着るといい。あとで洗濯しよう」

「洗濯機まであるの？」

「長い旅には必需品だ」

洗濯機があるとはうれしい。コーリは立ち上がって洗面道具を入れた袋を手に取った。「船がこんなに快適だとは思わなかったわ」

「何年か前に手に入れて、暇を見てはいろいろと買いそろえた。ヨーロッパの川を旅すると、ほかの乗り物では見られない風景に出会える。三日間のハネムーンのあいだは報道陣にも邪魔されずにすむ」

コーリの鼓動が乱れた。三日間、ふたりきりなの？

「せいぜい船上のぼくたちの写真を望遠レンズで撮るだけだろう」

浴室に入りかけていたコーリは足を止め、眉をひそめて振り返った。「いつもパパラッチにつきまとわれているの？」

「きみは知らないほうがいい」

「でも、あなたは何年も前に王位を放棄したのに！」

「以前は王子だった……」

コーリはうめいた。「何てひどいのかしら」

「もし別の船を仕立てて追いかけようとしたら、バイクで逃げ出そう」

ニコにとってオートバイは好きという以上に、自由の象徴なのだ。「バイクを船にのせているのも不思議はないわ」

「一日働いてくたくたになると、バイクに乗りたくてたまらなくなる」

コーリにはその気持ちがよくわかった。「何をして生活しているの？」

「好きなことしかしていない」

それでは何もわからないわ！

「楽しみと仕事の区別がないと言える人は世の中に何人もいないわ。わかってる？」

「二十五歳のとき、そういう暮らしをしようと決めた」

コーリは深呼吸した。「幸せが見つかった？」

ニコの目が陰りを帯びた。「難しい質問だね。幸せが本当にあるのかどうかぼくにはわからない」

しばらくして、シャワーの下で髪を洗いながら、コーリはニコの寂しいことばをまだ考えていた。ニコを知れば知るほど、家族と決別することで彼がどんなに苦しんだかがわかってくる。だが、それとは別の問題もあるのではと思わずにいられない。そのために結婚を避けている？

もしかしたら、女性のことでは？

ニコ・テスコッティが恋をしたのならすばらしい

相手に違いない。きっと忘れられないのだろう。彼女とのあいだに何があったにしても、失恋は深い傷を残したはずだ。

　ああ、アン、代わりにイタリアに行ってほしいと頼まれたとき、危険が待っているとわかっていたのよ。だけど、イタリア製の革のジャケットを着た悩み多き王子にひと目で心を奪われるとは思わなかったわ。

　打ちひしがれたテスコッティ家の長男の写真が新聞に出るとニコは言った。コーリには急に、そのことがまったく違った形で見えてきた。

　打ちひしがれるのはコーリのほうなのだ。


　それから三日間、ふたりはドーラ・リパリ、サンゴーン、ポーといった水路を旅した。報道陣に見張られているとわかっていても、近くの山々の向こうにアルプスの望める圧倒されるような景観に、コーリは現実を忘れた。

　朝から夕方までは明るい陽光の下で食事をとり、くつろいだ。コーリは視線がニコの横顔に注がれてしまいそうになるのを無理にそらして景色を楽しんでいた。ニコは船を操縦しながら見えてきた風物に興味深い解説をした。

　高い教育を受けた王族の特権で、ニコは旅行ガイド以上に各地を旅している。このあたりのほとんど人に知られていない史実に詳しかった。

「川に沿って曲がるたびに、すばらしい景色が見えてくるのね。永遠にこうしていたいほどよ、ニコ」

「ル・コルビュジエがこう言っている——」

「フランスの建築家の？」

「そのとおり。トリノはヨーロッパのどこよりも恵まれた位置にある都市だと」

「わかるわ！」声をあげてから自分がはしゃぎすぎているのに気づいた。だが胸の中に育ちつつある感情をどうしていいかわからない。どんどんニコの魔力の虜《とりこ》になっていく。彼にいちばんの親友の妹のように扱われるのがたまらなかった。

毎晩、暗くなるとニコは船を岸につけ、ソファで寝た。コーリは広々としたダブルベッドでやすみながら、彼が口実を見つけて来てくれるよう願った。話をするだけでいい。だがニコはけっして来なかった。

「遠くに見えるあの山は何というの？」

「ヴァレンチノ城の向こうに見えるのがモンテローザだ。モンブランについで、ヨーロッパで二番めに高い山だ」

「ヴァレンチノ……あなたの犬の名前だわ！」

「ああ」ニコの口もとがいくらかほころんだ。

「あの城の名前からとったの？」

ニコの目からは感情が読み取れない。「アメリカの無声映画時代のイタリア人のスターからとったと思い違いしていたんだろう？」

コーリは急いで目をそらした。ニコの口調にはかすかに皮肉な響きがある。「知らなかったわ」

「ヴァレンチノ城はサヴォイア王家の城のひとつだ。ヘンリー四世の娘でサヴォイア家のヴィットリオ・アメデオ一世の妻になったマリア・クリスティーナが、自分の好みでフランス風に建て替えた。ヴァレンチノ公園の下には有名なセレア・ローイングクラブがある。歴史のある競艇大会が開かれるときには今通っているあたりが、城と湖のあいだを走行するあのシルバー・スキッフレースのコースになる」

「あなたもレースに出場したことがあるの？」

長い沈黙があった。「ずっと昔に」

ニコがこんな表情を見せたのはこれで二度めだ。過去を思い出させるような質問をしてはいけない。だがついききたくなってしまうのだ。強靭《きょうじん》な体つきからして、彼はいろいろと肉体を酷使するスポーツを習得しているようだ。

王家の長男には、いやでもしなくてはならないことがたくさんあるのかもしれない。コーリには想像もつかない人生だ。

イザベラ橋の下をくぐると引き上げられた潜水艦の中央のすぐ横に出た。第一次世界大戦の遺物だとニコが説明した。

また別の橋が見えてきた。「帰国する前に時間があったら、左手に見える国立自動車博物館に行くといい。年代物の車やオートバイが展示されている。きみは特に興味があるだろう」

その言い方で、自分で案内する気がないことがわかる。彼は別れるときが来るのを忘れるなと言っているかのようだ。

だからぼくにあまり心を許すな。そう言いたいの、ニコ？

彼のことばはコーリの胸を突き刺した。彼女は舵《だ》輪《りん》を操っているニコのそばを離れ、船室の外の手すりにもたれた。沈みゆく夕日に川岸の木々が長い影を落としている。

数分後、船は民間のマリーナに入っていき、停泊中の何艘《そう》かの船の横に並んで接岸した。係の男が綱を結びつけ、ニコは岸壁とのあいだに厚板を渡した。重々しい音がコーリの傷ついた胸に響いた。

ハネムーンは終わった。

もしふたりが愛し合っていたら、どんな花嫁もうらやむほどロマンチックな三日間だったのに。

「コーリ？」ニコがはじめて彼女の名を呼んだ。リの音にアクセントを置くその呼び方がコーリには好ましかった。「ヘルメットをかぶってくれ。トリノの記者たちにつかまらないうちにここを出たい」

コーリは急いで船室からバッグを取ってきてヘルメットをかぶった。そしてバイクのニコの後ろに座った。彼はいつもの鮮やかな手際で船から発進し、流れるように土手を走りだした。通りに出る道で、マリーナのほうに曲がる何台ものテレビ局のバンとすれ違った。

　ニコが言ったことは大げさではなかった。人前に姿を見せるたびに追いかけ回されるのは恐ろしいことだ。

　ギアが変わった。オートバイは飛ぶように進んでいく。タイヤが地に着いてさえいないようだ。

　ニコのアパートメントの建物が見えてきた。

　邪魔されずに着いたと思ったのは間違いだった。私道に曲がったとたんいっせいにフラッシュがたかれた。ニコと花嫁をひと目見ようと、知らぬ間にカメラマンたちが植え込みの陰に隠れていたのだ。

　ニコは自分の駐車スペースの先までジグザグに走った。バイクから飛び降りるとコーリをせき立て、マイクを持った記者の横をすり抜けて建物に入った。

　ニコのアパートメントに入ってもヴァレンチノが出迎えない。コーリはがっかりした。

　彼女はヘルメットを脱いで、サイドテーブルの上に置いた。「犬はどこなの？」

「廊下の端に住んでいるロティのところにいる。電話をかけよう。息子のジョヴァンニに世話を頼んだ。彼が連れてくる」

「こっちからは行けないの？」

　ニコはヘルメットとジャケットを脱いだ。「記者たちと鉢合わせしてもいいならどうぞご自由に」

　コーリはかぶりを振った。「本当に建物の中まで入ってくるというの？」

「情報に飢えていれば何でもする」

「それで最初の日に警察がわたしをアパートメントまで先導してくれたのね。報道陣に知られないように」

　ニコはうなずいた。「内緒で結婚の計画を進めるためには思いきった手段をとらなくてはならなかった。結婚したのがわかると、今度はきみに接近しようと大騒ぎだ」

「それなら望みどおりにしてあげたら引き上げると思うわ」

ニコは謎《なぞ》めいたまなざしでコーリを見た。「かまわないのかい？」

「あなたのご両親にわたしたちが幸せだと信じてほしいのなら、そうしてもいいんじゃない？　逃げ隠れしなければ、報道関係の人も手をゆるめるかもしれないわ。何をきかれても作り話で通すのよ。面白いじゃない？」

ニコは、考えたこともなかったという顔をした。しばらく沈黙が続いた。彼は黒い髪が落ちるうなじをさすっている。彼が船を操縦しているとき、コーリはその髪に指を走らせたいと思ったものだ。

「きみにまかせよう」ついに彼は言った。「さあ、行こう」

コーリはこれ以上ないほどひどい格好だ。化粧ひとつしていないし、編んだ髪はゆるんでいる。服は飛行機を降りたときと同じだが、エンツォに夢を実現させるためならそんなことは問題ではない。

確かなことがひとつだけある。ニコが愛する弟のために、したくもない結婚をしようとしたということだ。今となっては、ひと月ここにいたくないと言ったら自分勝手だという気がする。

だれを納得させようとしているの、コーリ・ラシター？　この偽善者！　ニコを愛していなければ、三日前に船から飛び降りて姿をくらましたはずよ。

自分に腹をたてながら、彼女は先に立ってドアを開け、廊下に出た。

6

「ヘイ、プリンセス、こっちを向いてください！」

コーリは立て続けにシャッターを押しているふたりの記者のほうを向いた。

「皆さん、お話があります」フラッシュを浴びながらコーリは言った。「プリンセスと呼ばないと約束してくださったら、喜んで協力します。わたしはただのミスター・テスコッティと結婚した、ミセス・テスコッティです。わたしたちは結婚したばかりです。だから自宅で何日かふたりきりで過ごしたいと思っています。提案を聞いていただけるなら、これから二週間、午後六時にはどなたでも来てくださって結構です。もう中まで入ってこないでいただければ、皆さんを招待して、三十分ばかり写真撮影や質問に応じます。いかがでしょう？」

「ご主人も一緒にですか？」別の記者がきいた。

ニコは腕を彼女のウエストに回した。「もちろんだ」

フラッシュが盛んにたかれた。

記者たちは英語とイタリア語の両方で礼を言うと、去っていった。

静かになるとニコがささやいた。「きみはちょっとした奇跡を起こした」

ニコのことばに彼女の体に震えが走る。そのうえニコはコーリのウエストを軽く引き寄せてから腕を離した。「犬を引き取りに行こうか？」

並んで廊下を歩きながら、コーリの胸は激しく高鳴っている。あのまま腕に抱かれていたかった。だがその気持ちをニコは知るはずがない。

ニコは廊下の端のドアをノックした。返事があってすぐにドアが開いた。ヴァレンチノが喜びの声をあげて飛びついてきた。愛されている動物には三日間が一生に思えるほど主人と離れているのがつらいのだ。コーリはドクター・ウッドのところに残してきたクロエを思って胸が痛んだ。

ヴァレンチノの後ろに十代の少年と母親がいる。イタリア語でまくし立てるふたりに、ニコはコーリを紹介した。やさしそうな母親は気が動転しているらしい。少年も心配そうだ。

「何かあったの？」コーリがささやいた。

「二、三日前に退院した飼い猫がまた具合が悪くなったそうだ。ご主人が町に行っていて、車で病院に連れていけないらしい。籠《かご》に入れてぼくがバイクで運ぼうと言った」

コーリは反射的に言った。「その猫をわたしに見せてくれる、ジョヴァンニ？」

「ええ。こっちです、奥様《シニョーラ》」

小さなキッチンの床に大きな灰色がかった茶色のノルウェー産の猫がぐったりとうずくまっている。

コーリはそばに膝をついた。「この子の名前は？」

「フィガロです」

「ああ、かわいそうなフィガロ。かわいい子ね」猫を見ながらコーリは言った。「どこが悪かったの？」

「お医者さんは、脱水症状だって」少年が答えた。「家に連れて帰ったときには元気だったのにまた悪くなっちゃって」

「飲み水を持ってきてくれる？」

「はい、シニョーラ」

少年は急いで器に水を入れてきて、コーリのそばに置いた。フィガロは飲もうとしない。コーリは手に水をすくってなだめすかしながら飲ませようとした。最初はためらっていたフィガロが、とうとうコーリの手をなめた。

コーリは、何度も水をすくって猫の口もとに持っていった。猫はだんだん元気が出てきて、ついに器から飲むようになった。

　コーリはジョヴァンニを見た。「フィガロはのどが渇いているの。水はいつも置いてやっている？」

「はい」

「どうして器から飲まないのかしら？」

　少年は英語がほとんど話せない母親を振り返って何ごとかきいた。母が答えると、少年は言った。

「ママは病気が再発したって言ってます」

「前は脱水症状だと言われたのでしょう？」

「そうです」

「フィガロはどれくらいのあいだ、水が入ってる器に近づかなかったの？」

　少年が母親に話すと、彼女は両手をねじり合わせた。「わからないって。フィガロはだいたい、浴室の洗面台に上がって水を飲んでいたから」

「フィガロのために洗面台に水を張っていたの？」

「いいえ。何カ月も前から蛇口がもれていたんだけど、二、三日前に父が直したんです」

「ああ……それでわかったわ」

　ニコもそばに来てしゃがんだ。ヴァレンチノがふたりのあいだから顔を出した。「何がわかった？」表情豊かな黒い目に探るように見つめられると、コーリは一瞬心臓が止まりそうになった。

　彼女はニコに、ついで少年とその母親にほほえみかけた。「フィガロは決まった行動をとる猫なのよ。いつも浴室の洗面台で水を飲むから、蛇口がもれなくなったら、水を飲まなくなってしまったの」

　ジョヴァンニは笑って母親に説明した。すぐにみんな笑いだした。

「水入れから飲むようにしつけ直さなくてはいけないわ。今夜ついていてあげて。器から飲んでほしいのだとわからせるまで、手にすくってなめさせるのよ。もしフィガロが浴室に行こうとしたら向きを変えてやって。わかるまでに二、三日かかると思うけど、明日には元気になるわ」

ジョヴァンニはにやりとした。「ママがあなたは天才だって」

コーリはくすくす笑い、猫の耳の後ろをなでてから立ち上がった。「天才ならよかったけど。でもお役に立ててうれしいわ」

ジョヴァンニ親子は礼を言い、コーリの手を握って何度も振った。とうとうニコが帰ろうと促した。背後でドアが閉まり、ふたりはヴァレンチノをあいだにしてアパートメントの廊下を歩いていった。

ニコの部屋に入ってドアを閉めると、彼はコーリの両脇《りょうわき》の壁に手をついてその場を動けないようにした。ヴァレンチノが心配そうに見上げている。

ニコはコーリを見つめた。「どうすればいいか、なぜわかった？　動物が好きだからだとは言ってほしくない。そんなことはきみがヴァレンチノを見たときからわかっていたから」

コーリはまっすぐに彼を見つめ返した。「話したら信じてくれる？」

さっきは一緒に笑ったニコが真剣な表情をしている。コーリは驚いた。「ぼくにはきく権利がある」

「不思議はないのよ、ニコ。わたしは獣医なの」

ニコは彼女をつくづくと見た。「プルーンデールで」ようやく彼が口を開いた。

「そうよ」

「ドクター・ラシターと呼ぶべきだったな」

コーリはかぶりを振った。「あなたと同じで、わたしも肩書きはきらいよ。ドクター・ウッドはわたしをコーリと呼ぶわ」

「ドクター・ウッドって？」

「北モントレー郡動物病院の院長よ。わたしは彼のところで、住み込みで働いているの」

ニコの目の奥に、何か感情が動いた。「そこに住んでいるのか?」

「奥の部屋にね」

「彼も?」ニコはものうげな調子できいた。

「隣に住んでいるわ」

「便利なことだ」彼の皮肉は辛辣《しんらつ》すぎる。

「そうよ!」コーリは言い返した。「獣医科大学の学費のローンを返すために、あと十年は生活を切り詰めなくてはならないの。彼は上役であり、家主なのよ。わたしが生活費を得たうえに、少しは貯金もできるようにしてくれているの」

「彼の食事も作っているのか?」穏やかな声だ。

「彼がときどき作ってくれるわ」

ドクター・ウッドが料理をすることのほうが多い。夫人が亡くなってから、料理が彼の趣味になった。コーリはどうしても彼ほど料理がうまくなれそうになかった。

ニコは考えているようだ。「彼はきみに早く戻ってきてほしいと思っているはずだ」

ニコがあまり近くにいるので息をするのも苦しい。

「そうでもないわ。アンがわたしに相談する前に解決しておいたのよ。わたしがヨーロッパで一カ月過ごすチャンスを得たというように話したらしいわ。親切なドクター・ウッドは、休暇をくれたの。とんぼ返りしようと思っていたのはわたしだったの。サランダーさんの馬がもうすぐ出産しそうだから立ち会いたかったのよ」

「ところがテスコッティ家の腹黒い王子に、土牢《つちろう》に監禁されたわけだ」彼はコーリを一瞥《いちべつ》した。「もし強引に結婚させられなかったら、今ごろは愛する仕事に戻っていられただろうな」

コーリは目をそらした。「そのとおりよ」

「あと二十七日間きみがいなくても、ドクター・ウッドがやっていけるのは確かなんだな」

彼の皮肉にうんざりして、コーリは叫んだ。「彼はひとりで何でもできるわ！」

ニコの片方の黒い眉が上がった。「それなら優秀な助手を引きとめていても悪いと思わなくてすむ」

彼がだれかに悪いと思うことがあるとは意外だ。

「きみはフィガロをひと目見るなり診断を下した。それからしてもきみが来てくれてぼくたちはありがたい。なあ、ヴァレンチノ？」

ニコはやっとコーリを解放し、かがんでボクサー犬の耳をなでた。ヴァレンチノはニコの言うことがすべてわかっているように吠《ほ》えた。

突然ニコが顔を上げ、コーリをじっと見つめた。

「ヴァレンチノの呼吸音のことを言ったのは、気になるからだろう？　どこが悪いと思う？」

コーリは唇をかんだ。ヴァレンチノはニコの宝なのだ。

「まず、ききたいわ。この子を生まれたときから育てたの？」

ニコは口もとを引き締めた。「いや。八年前、この建物の裏で飢えて死にかかっているのを見つけた。まだ子犬で、乳離れさえしていないようだった。ぼくは部屋に入れて世話をした。よくなるころには離れられなくなったんだ」

「ボクサー犬には呼吸の問題があるのよ。早いうちならのどの奥の邪魔な肉を取りのぞけるわ。ほうっておくと、楽に呼吸ができなかった影響が年取ってから出てくるの。ヴァレンチノは八年も思いきり呼吸ができなかったのよ。今になって手術しても効果があるかどうか、何とも言えないわ」

ニコは額にしわを寄せた。「ヴァレンチノを診せた獣医はそんなことには触れなかった」

「獣医科大学でそれほど大事なこととして教わらなかったんでしょう。わたしだってドクター・ウッドのところで働くようになるまで知らなかったのよ。学校では簡単にすませてしまうことを、彼はずっとわたしに教えてくれているの」

ニコはヴァレンチノの背中をなでている。「ぼくが手配したら、すぐ手術をしてくれる？」

コーリは目を丸くした。「このトリノで？」

「ほかのどこでする？　カリフォルニアまで行くとしたら、ヴァレンチノは検疫のため事前に何週間も隔離されることになる。そんなに長く待たせたくない。みじめな状態から早く解放してやりたいんだ」

コーリは犬のそばにひざまずいて、つやつやした頭をなでた。

「あなたが思うほど、苦しい思いをしてはいないわ。この症状は徐々に現れて、成長するとともにだんだんひどくなるの。さっきも言ったけど、手術してもよくならないかもしれない。でも、寿命が延びることも考えられるわ」

「どれくらい？」

「普通の健康状態で六カ月から二年ね。ボクサー犬の寿命はだいたい十年から十四年よ。でも忘れてはならないのは、手術には危険がほとんどないけれど、麻酔で死ぬことがあるの」

黒い瞳がコーリの目を見つめ返す。「きみの犬だったらどうする？」

コーリは唾《つば》をのみ込んだ。「犬のためになることだったらためらわないわ」

「ぼくも同じ考えだ。明日何とかしよう」

ヴァレンチノの頭をなでていたコーリの手が止まった。「ニコ、外国人に設備を使わせてくれる動物病院はある？」

「許可してくれるところを知っている」

「どこなの？」

「テスコッティ家の所有地はとても広くて動物がたくさんいる。父は専属の獣医を雇っている。畜舎には手術室があって必要なものは何でもそろっているんだ」

コーリは頭をのけぞらせた。「あなたは王宮を出たのに――」

「そうだ」深みのある声がさえぎった。「だが、親を頼るのを恥とは思わない。ヴァレンチノや弟のためになることだから」

「どういうこと？」

「父に電話して飼い犬の治療のため獣医である妻に病院の設備を使わせてほしいと頼もう。そうすれば父も母もぼくたちの結婚が本物だと信じるだろう。エンツォのためにもいいことだ」

コーリは目をそらして立ち上がった。彼の父親が自分の多くの知り合いと同じような人間なら、最初はこんなにうまくいっていた結婚がなぜひと月後に急に破局を迎えたのか理解できないに違いない。

ニコの妻として写真を撮られ、その写真の載った新聞を彼の両親に見られるだけならいい。だがふたりの様子がすぐ両親に知られてしまう王宮の敷地内で、愛されている妻の役割を演じるのはまた別のことだ。コーリはニコの考えが気に入らなかった。

「わたし……そうは思わな――」

「決まりだ」ニコは冷ややかにさえぎった。

コーリは深く息を吐いた。「わたしが行ったらお父様のおかかえの獣医が気を悪くするんじゃないかしら？」

ニコは挑むように彼女を見た。「きみはぼくの妻だ。我慢してもらうさ」

そう言うと、彼は玄関ホールに行ってヘルメットとジャケットを手にした。コーリとヴァレンチノがあとを追った。

「ぼくが出かけたあと、冷蔵庫から何でも出して先に食事をすませてくれ。留守のあいだに食料は補充してあるはずだ。シャワーを使うとき、すぐ熱いお湯が出てくるから気をつけて」

王宮を永遠に去ってから、彼の暮らしぶりはどんなに変わったことだろう。コーリは微笑しそうになるのを抑えた。

「寝るならぼくの部屋を使ってくれ。服はどれでも着ていい。明日は処置を含めてやることがたくさんある。だからよくおやすみ」

処置ですって？

何のことかきく前に、ニコは出ていってしまった。コーリは、愛する主人がいなくなって、悲しげな声を出す犬とともに取り残された。

ニコは両親に会いに行ったに違いない。たぶん、しばらくは戻らないだろう。

コーリはヴァレンチノのように自分も見捨てられた気がした。四日間、昼も夜も一緒だったので彼がそばにいることに慣れてしまっていた。

「いらっしゃい、ヴァレンチノ。一緒に寝ましょう。わたしでは不足でしょうけどしかたがないわ。わたしも慰めが必要なの」

コーリはニコのTシャツを着て、ベッドに上がった。毛布をかけて落ちつくと、ヴァレンチノが上がってきて彼女の脚に頭をのせた。

コーリは手を伸ばして犬の耳をなでた。暗闇《くらやみ》でクロエと同じような呼吸音がする。クロエといるようだ。ただクロエはもっと小さくて、コーリの脚のあいだで眠る。それでもコーリはヴァレンチノに慰められて、翌朝まで何も知らずに眠った。

コーリは眠る前に、明日は何としても早起きして朝食の支度をしようと決めていた。名ばかりの結婚とはいえ、妻の務めを果たさなければならない。これまではニコが何もかもやってくれていた。

しかし、コーリが服を着てキッチンに入っていくと、ニコはもう起きていた。Tシャツを着て、たくましい太腿にぴったりしたジーンズをはいている。

シャワーを浴びたばかりらしく、黒い髪はまだ湿ってていい香りがした。朝食のハムエッグのにおいもする。

椅子と対になった小さなテーブルの上に焼きたてのパンがのっている。ニコが角のパン屋で買ってきたのだろう。

ヴァレンチノがコーリを見上げ、それから頭を下げてドライフードを夢中で食べ続けた。コーリとニコは同時にくすくす笑った。

ニコの黒い目がゆっくりと彼女を眺める。「犬を食べ物から離してはおけない」つぶやくように言って、熱いコーヒーをすすった。

「絶対離しておけないわね」コーリの声が震えた。急いで椅子に近寄り、くずれるように座った。彼にこんな目で見られると……。

彼は無意識に行動しているのかもしれないが、コーリは動くのもままならなくなる。気づかれたらどうしようと思いながら、彼女は用意された食事を取り分けて食べはじめた。

「食事が終わったらデパートに買い物に行こう。いつも同じ服を着ていなくてもいいように」

コーリは黙ってうなずいた。

「買い物が終わったらいったん戻り、ヴァレンチノを畜舎に連れていって手術を受けさせる」

コーリはニコの目を見た。「こんなに早く手配したの？」

「全部決めた。父がドクター・ドナーティに話をつけてくれた。昼食のあと、手術室は好きに使える」

「お父様は話を聞いて驚かれたでしょうね」

「すごく驚いていた。父と母の両方が電話に出た。ヴァレンチノのことがあるのでハネムーンを早く切り上げたと話した。きみが獣医だときいてよけい熱心に手を貸そうという気になったのかもしれない」

彼の口調からは複雑な思いが感じ取れた。「何を困っているの、ニコ？　ご両親があんまりうれしそうだったから？」

「そんなところだ」

「また王宮に戻るようにあなたを説得して、エンツォの気持ちを傷つけるのではないかと思っているの？」

ニコはかぶりを振った。「いや。両親がそれを口にしたことは一度もない」

コーリはニコのことばを考え合わせた。

「それならわたしたちの結婚のことなのね。とても喜んでいらっしゃるんでしょう」

ニコは顔を曇らせて両親とのやり取りをすべて話した。

「あなたは結婚生活が性に合わなくて、早く終わりにしたくてたまらないからよけい気が引けるのね。残念だわ。あなたとエンツォがこんな計画を立てたとき、それを考えなかったのね。ご両親をまた失望させたくないのが今はわたしにもわかるの。でも望みはあると思うわ」

「何でそう言える？」ニコの声はいらだっている。

「そうね。ひとつには、おふたりがもうすぐお祖父《じぃ》さんお祖母《ばぁ》さんになるということよ。お孫さんが生まれれば寂しさも消えるわ」

ニコは石のように押し黙っている。コーリは用心しながら、急いでことばを続けた。

「ご両親もいつかは結婚に向かない人間もいるとあきらめてくださるわよ。あなたは典型的に独身を通すタイプだとわたしにもわかってきたの。女性を必要としないのね」

ニコは目を細めた。

「それは罪ではないわ。独身生活を何にも代えがたいという男性を何人か知っているわ。その人たちには自由が何より大事なのよ。わたしがカリフォルニアに帰ったあと、友だちとつき合うとか、ガールフレンドを王宮の晩餐《ばんさん》に招くとかするといいわ。女性とのつき合いを楽しんではいるけれど、外国人女性との結婚のあと、二度と束縛されたくないと考えているのだとご両親に思わせるのよ。そのうちあなたは独身でいるのがいちばん幸せなのだとわかってくださるわよ。そして――」

ニコがイタリア語で何か言った。コーリははっとして黙った。彼はテーブルを離れた。「いつまでもしゃべっていては朝食が終わらない。行こう」

大股でさっさとキッチンを出ていく彼のあとから、ヴァレンチノが鼻を鳴らしながらついていく。

「ねえ、そんなに怒らないで。あなたの気持ちが楽になるようにと思っただけなのよ」

コーリは居間に駆け込んだが、ニコはもういなかった。寝室に行くと、彼は布のバッグに衣類を入れている。

「怒らせるようなことを言ったのならあやまるわ。本当はわたし、あなたが結婚をいやがっている理由に触れないようにしてきたのよ」

ニコは手を止めた。「どんな理由だと思う?」

「わたしの知ったことではないでしょうけど、あなたは女性のことで傷ついているという気がするの。話したくないのなら話さないでいいわ。でもそうでなければ聞くわよ。うちに来る病気の動物の飼い主たちはみんな言うわ、わたしが話をよく聞いてくれるって。ヴァレンチノはわたしの患者だから、話したいことがあれば……」

「いくつかある」彼は静かに言った。「だが今は話す暇がない。ここにいろ、ヴァレンチノ」彼は犬に命じた。「すぐ戻る」

ニコが顔を上げ、ふたりの目が合った。「お先にどうぞ、シニョーラ・テスコッティ」

わたしをこんなふうに呼ぶなんて、本当に気を悪くしているんだわ。

コーリは玄関ホールでヘルメットを探した。だが、サイドテーブルには見当たらない。

「心配しなくていい」ニコが彼女の心を読んだ。「トラックの後部に入れておいたよ」

コーリはうなずき、先に立って駐車場に行った。

彼の駐車スペースに、前に見たブルーのトラックが止まっている。ニコはモンフェラートからこのトラックで帰ってきたに違いない。彼女はヴァレンチノをどうやって運ぶのかと思っていた。

ニコはバッグをトラックの後部に投げ込み、助手席側のドアを開けた。ふたりとも乗り込むと車は走りだした。

ダネリのオートバイとは大違いだが、ニコはトラックも同じように巧みな運転で飛ばした。大通りに沿った駐車スペースは、どこもこすらずに止められるとは思えないほど狭い。コーリは車体がこすれるいやな音が聞こえるのを覚悟して目をつぶった。何の音もしなかった。ニコがドアを開けてコーリが降りるのに手を貸そうとした。コーリはひとりで降りようとしたが、足を踏み出すとニコと体がぶつかり、強い腕が彼女の腰を抱きとめた。

コーリの胸に炎が燃え広がった。

手足に力が入らず、コーリはがっしりした筋肉質の胸を滑り落ちるようにして歩道に立った。彼女の小さなうめきがもれる。顔をそむけて体を離したので、思いがあふれる目をニコに見られずにすんだ。

頬が燃えるように熱い。コーリはニコを待たずにデパートに入り、左手に見えたカジュアルウエアの売り場にさっさと歩いていった。

このデパートは手ごろな値段で、必要なものは何でもそろうとニコが言っていた。コーリのほしいものは多くない。ジーンズを二、三本と上に着る物を何枚か、それに替えの下着数点とパジャマだけだ。

ニコが追いついた。ぴたりと寄り添って値段を通訳するので、コーリは頭が混乱した。女性の店員や客たちがニコをじろじろ見ては自分のほうを向かせようとする。コーリは買い物のことだけ考えようとした。

しかし、ニコが皆の視線に応《こた》えているのかどうか確かめたくて、彼を見ないではいられなかった。

何度かニコと目が合った。屈辱を感じたコーリは顔をそむけ、意識していないふりをした。彼の忠告に従ったのは、スニーカーよりいいと言われて革のサンダルを買ったことだけだった。

それ以外は買い物のあいだほとんど口をきかなかった。トラックを降りたあのときから、ふたりのあいだの緊張感がどんどん大きくなっている。それにつれてコーリの脈拍も速くなる一方だ。

もう耐えられない。買い物はこれで充分だ。コーリは袋を提げて店を出た。トラックに乗るときまたニコに触れられたら、バターのように溶けてしまいそうだ。そうなったら彼に抵抗することもできなくなる。それだけは何としても避けたかった。

コーリは車の中でしばらくニコを待つはめになった。やがて彼はいくつかの買い物袋を手に姿を現した。きっと自分の買い物もあったのだろう。

買い物袋をコーリの横に置くと、彼はエンジンをかけ、アパートメントに戻った。

ニコはコーリに言った。「待っていてくれ。ヴァレンチノを連れてくる」

ニコは買い物包みを全部トラックの後部に移してから、建物の中に消えていった。コーリが見ていると、彼は二、三分でヴァレンチノを連れて出てきた。

ニコがドアを開けると、ヴァレンチノは座席に上がってふたりのあいだにおさまった。警戒しているようだ。

「この子は自分が人間でないことを知らないのね」

ニコがこの日はじめてほほえんだ。魅惑的な口もとがほころぶと、朝日が地平線から姿を見せたようだ。

「式を挙げた王宮に行くの？」

「いや。畜舎はポー河沿いの宮殿にある。あそこにエンツォが皇太子としてマリアと一緒に住むだろう。弟は乗馬がうまい。マリアもだ」

「あなたも乗馬をするの？」

「王宮にいたころはときどき楽しんだ」

「あなたが持っているようなすばらしいバイクを昔の人が持っていたら、ほかに楽しいことがたくさんできたでしょうね」

ニコがまたほほえんだのがコーリの目に映る。

「女性には珍しく、わかっているな」

「ほかの女性だってダネリに乗ってみればわかるわ。わたしの仕事にあんな便利なものはないわ。病気の動物を診に農場に行くとき、医療品の入った袋を結びつけて魚雷のように飛んでいけるの。わくわくするわ。どこへでも行けるのよ。野山でも」

「もっとも独創的なロケット弾だな」

コーリは笑った。「知人たちはわたしを変わり者と思っているらしいわ。アンは頭のおかしい獣医と言うのよ。ヘルメットをかぶっていると、子供たちからは宇宙人かときかれるわ」

ニコはくすくす笑い、コーリはうれしくなった。

車は木々の生い茂った森のようなところに入っていく。一般の人々の立ち入り禁止区域だ。守衛のいる門を通って、広大な敷地を一キロも行かないうちに、木々のあいだに馬道がちらりと見えた。

以前はここがニコの遊び場だった。その気さえあれば彼のものになっていたはずだ。だがその代償は彼には高すぎた。ある種の動物と同じで、彼も自由でいたかったのだ。

今はコーリにも、彼がだれにも支配されない人間だとわかる。これまで会ったどんな男性よりも魅力的なのはそのためだ。今のような生き方をするためにはさまざまな苦労があったに違いない。それを思うと彼女の胸は痛んだ。

　コーリはヴァレンチノの体に腕を回して抱き寄せた。

「ヴァレンチノ、何をされるのか知らないのね。でも、回復したら前よりずっと気分がよくなったのがわかるわよ」

　曲がりくねった道を行くと、十八世紀の狩猟のための館《やかた》のような建物が見えてきた。コーリはニコにそう言った。

「狩りの館そのものだよ。裏手に畜舎のついたちょっとした病院になるように、祖父が建物の中の一部だけ改造した。外見は創設当時のままにしておくように主張したが」

「美しいわ」コーリはささやいた。「昔の世界に来たみたい」

　彼女はニコの手を借りずに車から飛び降り、樹齢何百年にもなるかと思われる巨大な木々を見上げた。あまり大きいのでほかのすべてが小さく見える。

「ニコ！」男の声がした。どっしりしたドアが開いたままの戸口から、白髪まじりの男性がこちらに向かって手を振っている。彼はイタリア語で話しかけた。

　ニコは返事をして、コーリをちらりと見た。「ドクター・ドナーティだ。奥さんのビアンカと一緒に二階に住んでいる。きみを手伝うように父に言われているんだ」

　コーリはうなずいた。自分が微妙な立場にいるのを感じた。ヴァレンチノは動物病院のにおいをかぎ取ったらしく、コーリの脚にすり寄ってくる。ニコはおいでと呼びかけた。

「この子の気持ちはわかるわ」コーリはニコにささやいた。「歯医者で、順番が来て入りなさいと言われたときのように心細いのよ」

ニコは答える代わりに彼女のうなじに軽く手を当てた。丸天井の玄関ホールに入ってもコーリはまだ体が震えていた。中を見回すと一方の開いたドアの向こうは広々とした居間だ。年代物の家具調度、タペストリーのかかった壁、そして大きな暖炉が見えた。

反対側はダイニングルームだ。巨大なテーブル、飲み物を出すための半円形のテーブル、そして精巧な作りのシャンデリアがある。

「ドクター・ドナーティ、妻のコーリだ」

「お会いできて本当にうれしい、シニョーラ。結婚おめでとうございます」

「ありがとう」

年配の獣医はコーリと握手した。ほほえんではいるが、じっと見つめる目に好奇の色がある。自分は彼の領分を侵していると感じて、コーリはひどく落ちつかない気持ちになった。

何年も前に王家を出たにもかかわらず、ニコは領地内のだれからもいまだに正統な王子と思われているようだ。ドクター・ドナーティはテスコッティ家のはみ出し者に敬意を払うしかないのだろう。

「用事がすんだらすぐ帰るよ。よかったらコーリに手術室を見せてやってくれないか」

「もちろん。こちらへ。妻がお会いしたいと言っています。もうすぐ町から帰ってくると思うが」

コーリは彼に案内されて、玄関ホールの突き当たりの戸口を入った。ドアの向こうは彼女にとってはなじみの世界だ。待合室からまっすぐ手術室に入る。ドクター・ウッドの病院の内部と大差ない。

手術の打ち合わせをしていると、ニコが怯《おび》えきった哀れなヴァレンチノを連れて入ってきた。

「ねえ、ヴァレンチノ」ニコが犬を抱き上げ、手術台の上にのせてじっとしているように命じると、コーリは励ました。「痛い思いはさせないわ。ドクター・ドナーティ、精神安定剤を打っていただけます?」

ドクター・ドナーティが注射を打った。コーリはレントゲン写真を撮り、問題の場所を示すとドクターはうなずいた。

「わたしの考えも同じだ、ニコ。ヴァレンチノの口《こう》蓋《がい》は普通より柔らかくて長いので、のどの通りを妨げている。少し肉を取り除けばいい」

三人は手術着とマスクをつけた。「麻酔をかけてくだされば始められます、ドクター・ドナーティ」

流しで念入りに手を洗いながら、コーリはニコの視線を感じた。恐ろしさに胸がどきどきする。彼がどんなにあの犬を愛しているかわかっていたからだ。

お願いです、神様。ヴァレンチノが無事でありますように。お助けください。

「準備が整った」ドクター・ドナーティが低い声で言った。

コーリは殺菌ずみの手袋をはめ、大切な患者に向き直って手術を始めた。

ドクター・ウッドと同じようにドクター・ドナーティもすばらしい助手で、必要なことはすべて先回りしてやってくれた。ニコにもわかるように、コーリはひとつひとつ説明しながら手術を進めた。

手術は長くかからなかった。終わるとコーリは、手術台の端に立っているニコをちらりと見た。いくらか青ざめていて不安そうだ。

ニコ・テスコッティにも普通の人間と同じように弱みがあるとはだれが信じるだろう?

コーリはすばやく彼に近寄り、腕を取って壁際の腰掛けのところに連れていった。無理やり座らせ、マスクをはずさせた。

「下を向いて深く息を吸って」

7

コーリがヴァレンチノのそばに戻ると、ドクター・ドナーティはマスクをはずした。ふたりは親しげにほほえみ合った。前よりずっと深く気持ちが通じ合っていた。

コーリは聴診器でヴァレンチノの呼吸を聞いた。今のところ順調だ。

ドクター・ドナーティが手を伸ばして彼女の腕をたたいた。「心配はいらないよ。ニコリーノの犬はよくなる。優秀な医者が執刀したのだから」

ニコリーノという呼び方で、この獣医がどんなにテスコッティ家の長男に好意を持っているかがわかる。コーリがニコのためにヴァレンチノの無事を祈っていることも知っているのだ。

「一時間ほどかかりましたね、ドクター。助けてくださってありがとう」コーリは涙声でささやいた。

「そう言ってもらえるとは光栄だな」彼は心を込めて言った。

「ヴァレンチノの目が覚めるまで、わたしがついています。ニコをキッチンに連れていって、気分がよくなるようなものをとるように言っていただけないかしら？」

ドクター・ドナーティはウインクした。「そう言おうと思っていたところだよ。小さいころ、彼は動物が大好きだった。耳の裂けた兎《うさぎ》や羽が折れた雉《きじ》などいろいろな動物を持ち込んだものだ。治してやってと泣きながら頼み、それから外に駆けだした。見てはいられなかったんだね。エンツォも同じだった」

「何をひそひそ話しているんだい？」背後で弱々し

い声がした。

「奥さんはすばらしい仕事をしたと言っているだけだよ。のどが渇いた。コーヒーも悪くないね。行こう、ニコ。戻ってくるころには犬も目が覚めているだろう」

「行ってちょうだい」コーリは勧めた。「わたしはヴァレンチノのそばを離れたくないのよ」

「すぐ戻るよ」そう言うと、彼はドクター・ドナーティについて手術室を出ていった。かわいそうなニコ。幼いころの胸の痛む記憶を呼び覚まされたのだ。手術が終わるまで別室にいたほうがよかったのに。

　ドクター・ドナーティが言ったように、少したつとヴァレンチノが身動きしはじめた。コーリは大喜びで犬の生きているあかしを見守った。すべてうまくいった。

　のどの奥は二週間ほど痛むだろうが回復する。回復どころか前よりよくなるのだ。

　ついに犬が目を開けた。

「こんにちは、ヴァレンチノ。目が覚めて本当にうれしいわ。具合はどう?」コーリは犬の頭をなでた。「あなたは最高の患者だったわよ。愛しているわ」頭にキスをする。

「その調子ではヴァレンチノはもうぼくのものではなくなるな」

　前より力のあるニコの声がした。主人の声にヴァレンチノは頭をもたげ、うなるような声をたてた。

　コーリはにやりとした。「そんなことはないわ。彼があなたをどんな目で見たかわかった?」

　ニコもヴァレンチノのそばに寄り、背中をやさしくなでた。「ありがとう。ヴァレンチノは一、二年寿命が延びたと思う」

　ニコはコーリを抱き寄せ、唖然《あぜん》としているその唇にしっかりと熱いキスをした。

　それがごく自然に思われて、コーリは無意識のうちにキスを返していた。

　何が起きたかわからないまま、コーリは彼の唇の巧みな誘いに応じて口を開いた。手術が成功してほっとしたからに違いない。求められるままに彼にすがりついていた。

　やがてふたりの息づかいが変わった。喜びが情熱に変わり、キスはさらに激しいものになった。ひとつに溶け合っているような気がする。それでもまだ充分ではなかった。

「ニコ、ダーリン？」戸口で女性の声がした。「あら、ごめんなさい」

　ニコはすぐに立ち直った。落ちついて体を離す。

「いいんだよ、母さん」つい今まで炎のように燃えていた目がコーリを離れ、戸口に向けられた。「どうぞ。ヴァレンチノにすばらしい手術をしてくれたので、妻に感謝していただけだ」

　コーリは灰色がかったブロンドの髪の根もとまで赤くなった。進んで自分から身を投げ出し、しかもそれを見られてはならない人に見られたと思うと恥ずかしくてたまらなかった。

　ニコがなぜあれほど我を忘れたかコーリにはわかる。だが彼の母親は新婚夫婦らしい熱愛ぶりと受け取ったらしい。

「続けたければまたあとで来るよ、ニコ」

　コーリにはニコのからかうような口調がだれに似たのかわかった。彼の父親もふたりの長い抱擁を見ていたのだ。見られたくなかったのに！

　じっとしていられなくなって、彼女は手術着を脱いだ。何てこと！　結婚式のときと同じ服だわ！

　手術をするには前から着ていた服のままがいいと思って新しい服に着替えなかったのだ。もちろんニコの両親はそんなことは知らない。こんな変人は見たことがないと思われそうだ。

　コーリはますます困った。聴診器を取ってもう一度ヴァレンチノの呼吸を確かめた。ニコは母親と話している。父親が近づいてきてコーリの横に立った。

「具合はどうだね？」

「今のところ元気です」

「気がかりなところはあるかね？」

「目につくことはありません」コーリの声が震える。

「ニコはきみを完全に信頼している。あの頑固な息子としては最大の賞賛だ。彼がこんなに有能なすばらしい女性と結婚して本当にうれしい。わが一族によく来てくれた、コーリ。そう呼んでいいかな？」

「も、もちろんです」

ニコの父親は本気で言っているらしい。コーリは胸が痛んだ。イタリアを去るとき、自分が悪女のような気がするに違いない。

今日という日が来なければよかったのに！　何もかも、ますます厄介になるばかりだ。

ニコはふたりの結婚を両親が非常に喜んでいるので困っている。今はコーリも同じだった。

「息子に聞いたが、ご両親をずっと前に亡くされたそうだね？」

コーリは体が震えだして止まらない。「はい」

「きっとすぐにわたしを父親と呼べるようになるだろう。たぶんそれは、きみとニコに赤ん坊ができたときだろうね？」

赤ん坊が生まれるわけがない！　ひと月後、ふたりはもう夫婦ではないのだ。

「コーリ？」ニコの母親がそばに来た。コーリは父親の無理な問いかけに答えなくてすんだ。「あなたからニコに言ってくれないかしら、今夜、王宮の晩餐《ばんさん》に来るようにと。ニコは別の予定があると言っているけど、一時間ぐらいなら寄れるでしょう？」

コーリはニコに合わせるしかない。「ぜひお邪魔したいんですけど、わ、わたし、しばらくはヴァレンチノのそばを離れられないので。別の機会にしていただけませんか？」

　記者たちにはアパートメントに来てもいいと約束してある。そのときすべてに片をつけてしまったほうがいい。そうすればインタビューは一度ですむ！

「それはいいわね！　あとで電話をするから日を決めましょう」ニコの母親はコーリの腕を軽くたたき、ヴァレンチノの頭をなでた。「あなたも招待するわ、ヴァレンチノ。新しいお母さんの言うことをよく聞いて、元気になってね」

「さっき言ったことを忘れてはいけないよ」

　ニコの父親がささやいて、コーリを軽く抱き寄せ、そのあとヴァレンチノの上にかがみ込んだ。

「おまえには最高の医者がついているよ」彼は犬の耳の後ろにキスをした。

　テスコッティ一族は皆、魅力的で、動物が大好きなのだ。みんな好きになれそうだ。でも……。


　その夜の九時半にヴァレンチノは起き上がり、診療所を出たそうにした。コーリはもう帰っても大丈夫だとニコに告げた。

　あれからずっと、コーリとドクター・ドナーティはヴァレンチノを見守りながらほかの動物の症状について検討し合った。そのあいだニコは部屋を歩き回ってばかりいて、ふたりが馬に乗ってくるように勧めると、言うことを聞いて数時間乗馬に出かけた。

　彼が出ていくと、コーリはあのキスのことを考えはじめた。彼女がつい我を忘れたために、感謝のキスが別のものに変わってしまったのだ。

　何てばかだったのだろう。ニコは軽率なことをしたと後悔したに決まっている。明日イタリアを離れれば、二度とあんなことは起こらない。だが彼女が帰国したら、テスコッティ一族はまた深刻な打撃を受けることになる。とりわけエンツォとその妻が。

　しかし、ニコは乗馬をしているうちに、愛していないのに自分にのぼせ上がっている妻とこれ以上一緒に暮らすくらいなら、騒ぎになったほうがましだと考えたかもしれない。あの結婚契約書を作成したとき、彼は相手が自分を好きになることを予定に入れていなかったのだ。

ニコは自由になれる日を指折り数えて待っている。できるだけ早くイタリアを離れるのが彼のためだ。そうすれば失恋はしてもプライドは保てる。

しかし、永遠に別れることは考えられない。今のコーリには、ニコと何千キロも離れるとは想像もできなかった。

コーリが思い悩んでいるとニコが戻ってきた。出ていったときよりずっと元気そうだ。感じのいいドナーティ夫人は、客人に必ず用意する手作りの料理を食べるようにと勧めるまでもなかった。

ニコははまぐりのパスタを何度も自分の皿に取って平らげ、チョコレートのかかったチーズケーキのお代わりを頼んだ。コーリには不吉な前兆に思われた。きっと彼は解決法を見つけたのだ。

「相変わらずトリノ一の料理人だね、ビアンカ。この家で食事できるのはぼくの特権だ。さて遅くなった。ヴァレンチノを連れて帰らなくてはならない。あなたと名医のご主人はやすんでほしい」ニコはコーリに目を向けた。「トラックに乗っていてくれ。ヴァレンチノを連れていく」

「わかったわ」

ドナーティ夫妻に礼を言うと、コーリは急いで外に出て車に乗り込んだ。この一時間ほどで暗くなっている。すぐにニコがヴァレンチノをかかえて現れ、そっと座席に横たえると、ヴァレンチノは当然のようにコーリの太腿に頭をのせた。彼女は腕を犬の体に回した。

ドクター・ドナーティが鎮痛剤の瓶を渡した。コーリは彼と握手をして言った。「いろいろとありがとうございました」

ドクター・ドナーティは微笑した。「もう会えないような言い方だね。二、三日のうちにヴァレンチノを連れてくるんだろう？」

「来るようにします」

ニコが何も言わないので泣きたくなった。今日はすばらしい一日だったが、この幸せは本物ではない。ふたりの結婚そのものが偽りなので何もかも嘘《うそ》になってしまうのだ。

ニコはエンジンをかけた。無言のままふたりは狩りの館《やかた》を去った。やがてコーリは、町から遠ざかっていくのに気づいた。

「どこへ行くの？」

「山荘だ」

コーリは驚いてまばたきした。「どうして？」

「ヴァレンチノはあそこが好きだ。暖炉の前に寝て、家の中でも外でも好きなように歩き回れる。快適なところで静養させてやりたい」ちょっと黙ってから続ける。「何か問題があるのかい？」

コーリは息が詰まった。「寝室はひとつしかないわ」

「前は問題なかったのに」

「わたしたちは本物の夫婦ではないから……」語尾が曖昧《あいまい》にとぎれた。

「その話はもう終わりだ」

「わたしの言っている意味がわかるはずよ。お芝居を長く続ければ続けるほど、ご両親を傷つけることになるわ。今日それがよくわかったの」

ニコはアクセルを強く踏んだ。「この結婚を早々にやめたいというのは無理だ」

「お願い、聞いて。明日ご両親のところに行ってすべて話してもいいのよ。あなたがどんなに弟さんを助けたいと思っているかがわかったら、ご両親の愛は今以上に深くなると思うわ」

「言いたいことはそれだけか？」

「いいえ！　おふたりはとても幸せなご夫婦に見えるの。あなたが愛のない結婚をしているのを知りたくはないでしょう。決まっているわ！」

ニコはコーリのほうを向いた。「いつからそんなに急にカリフォルニアに帰りたいと思うようになった？　ぼくがキスをしてからか？」

コーリの頬がさっと染まった。薄暗がりの中でさえニコはそれを見たらしい。

「そうだろうと思った」彼は吐き捨てるように言った。「きみと結ばれたいと思っていたら、最初の晩にきみのもくろみどおり隣にもぐり込んでいた」

ニコを誘惑しようとして失敗したときのことを思い出して、コーリは目をつぶった。

「怖がることはない。ハネムーンでも無事だったんだから、ぼくが手を出さないとわかったはずだ。その種の楽しみがほしければ、ぼくはそういう女を――」

「とうとう本音を吐いたわね！」コーリは新たな怒りに駆られた。彼のことばのひとつひとつが剣のように胸を刺す。

「そこまで言うなら、父に何を言われてあわてていたのか教えてくれたらどうだい？」

コーリは口がからからに乾いて唾《つば》がのめない。

「たぶん赤ん坊ができたときに自分を父親と呼べるのではないかとおっしゃったのよ」

ニコは胸を震わせて低い声で笑った。「ぼくたちはヴァレンチノを子供だと思っていると言わなかったのか？」

「好きなだけ笑えばいいわ。でもお父様は本気でおっしゃったのよ。わたしたちが離婚すると知ったら、おふたりともがっかりなさるわ。そんなことはないとは言わせないわよ。あなただって最初からそれを心配していたんでしょう」

「否定はしない。だが、心から愛し合って結婚した夫婦でも離婚しないという保証はないだろう。両親は大人だから、そのときが来ても対処できると信じている。ぼくはきみの気持ちのほうがよほど気にかかるよ」

「わたしの気持ち？」

「そうだ。どうしてそんなに急いで帰ろうとする？　ぼくに隠していることがあるのでは……」

　彼の冷ややかな口調はコーリをいらいらさせる。

「何のことかわからないわ」

「わかっているはずだ。内緒にしている男性がいるんだろう？」

　そうよ！　彼女は心の中で叫んだ。あなたよ、ニコ。あなただけなのよ。

「黙っているのが何よりの証拠だ。だれだ？　ドクター・ウッドか？」

「絶対そんなことはないわ！　彼はわたしが幼いころに結婚して子供もいるのよ」

「それなら、きみにストラーダ１００を譲った男だろう。ジェリーといったな」

　ニコの記憶力はコンピューター並みだ。コーリは頭をぐっと上げた。「こんなばかばかしい話、これ以上続けたくないわ」

「きみは彼は結婚していると言ったと思うが」

「結婚してるわ！」

「だが、しょっちゅうきみに会いに来る」

「家族に会いに来るのよ！」

「きみが外国で結婚したと知ったらもう自分を敬愛していないと彼にもわかる」

「彼はわたしにバイクの乗り方を教えてくれたのよ。だから忘れないだけよ」

「ハイスクールまでには卒業するような子供っぽい恋心を大事に持ち続けている年齢じゃないだろう」

　コーリは頭がくらくらした。「あなたは三十歳を超しているのよ。若いころ、何人の娘さんたちに乗り方を教えたの?」

ニコは減速して道を山荘のほうに曲がった。「ぼくのバイクの一台に近づいた女性はたったひとりだ。しかもけっして忘れられないことをぼくに教えてくれた」

コーリは体がかっと熱くなった。「ということは、あなたはほかにもバイクを持っていたの?」

「残るか去るか決めてくれ」

「ニコ! わたしは弟さんに迷惑がかかることをするつもりはないわ!」

ニコは山荘の玄関先に車を寄せ、エンジンを切った。「そうかな。今きみが行ってしまったらヴァレンチノにもその理由がわからないだろうね」

「そんなことができると思う?」コーリは半分目を閉じて横たわっている犬にささやきかけた。

「中に入って暖炉の前にこの子のために毛布を敷いてくる。ちょっと待っててくれ」

彼が運転席のドアを開けると、冷たい山の空気が車内を満たした。二、三日前より冷え込んでいる。闇《やみ》を透かしてたくましい長身のニコの姿を追ったが、もう山荘の中に入ってしまった。

彼が愛してくれさえすれば。それだけがコーリの望みだ。だが愛してはいないのだから、友だち以上ではないというふりをしよう。

思いにふけっていたので、助手席側のドアが開いたとき彼女は驚いて小さく声をあげた。ニコが近づいてくるのが聞こえなかったのだ。

「準備ができた。おいで、ヴァレンチノ」

犬は頭を上げて起き上がろうとした。かなりふらふらしている。ニコがしっかりと抱いて山荘に入った。コーリは薬を持ってついていった。

暖炉には火がぱちぱちとはじけている。管理人がおこしておいてくれたのだろう。ふたつのマットレスのあいだに敷かれた毛布の上に、ヴァレンチノが横になっていた。

「車から荷物を取ってくるから、一緒にいてやってくれ」

コーリはうなずいた。ニコが行ってしまうと、キッチンの引き出しからナイフを探し出し、刃の先で錠剤を一錠砕いて器に入れた。冷蔵庫にジュースの瓶が何本か入っている。一本を開けて器に少し入れ、小指でかきまぜてから器をヴァレンチノのそばに置いた。

「さあ飲みなさい、ヴァレンチノ。痛むのね。でものどが渇いているはずよ」

ロティ家の猫にしたように、コーリはてのひらに液体を少しすくって差し出すと、ヴァレンチノがなめた。甘いとわかると、犬はコーリが支えている器から飲んだ。

「そうよ、いい子ね」

器が空になると、コーリはうれしさにぞくぞくしてジュースをつぎ足した。

ニコが袋を腕いっぱいにかかえて入ってきて、キッチンの隅に置いた。そしてほとんど空になった器を目にした。

「もう薬をのんだのよ」コーリはうれしそうに報告した。

「すばらしい魔力だ」ニコの声は低くかすれていた。

「いいえ、常識よ。扁桃腺《へんとうせん》を切ったとき、わたしはアイスキャンデーをどっさり食べたわ。犬だって変わりないのよ」

「やすみたければぼくが代わろう」

新しい着替えがあるのはうれしい。コーリは昼間買った衣類を持って寝室に行った。

手早くシャワーを浴びてから、パジャマとガウンを着た。暖炉のそばに戻ると、ニコが薪《まき》を運び込んでいた。毛布と枕《まくら》が増えている。

コーリはヴァレンチノの器をすすぎ、水を満たした。それからマットレスに座って編んだ髪をほどき、ブラッシングをすると気分がよくなった。

すぐにニコがそばに来た。彼はこざっぱりした濃紺のスエットスーツに着替えていた。その色も黒に劣らずよく似合う。すばらしいオリーブ色の肌と黒い髪と瞳を持つ彼の風貌《ふうぼう》はほかの男性とは比べ物にならない。いつまでも見とれてしまいそうだ。

彼は自分用のマットレスにゆったりと腰を下ろして、イタリア語でヴァレンチノに話しかけた。犬は短い尻尾《しっぽ》を振った。

コーリはほほえんだ。「何て言ったのか教えて」

ニコは魅力的な微笑を返した。「明日、中庭でボールで遊ぼうと言ったんだ。ヴァレンチノはぼくが隠したボールを捜すのが大好きなんだ」

「ヴァレンチノ？　そんなにおりこうさんなの！」

犬はのどの奥でうなるような音をたてた。

そのうちにコーリは両手がひどくかゆくなってきた。手術の前に手を洗ったせいだ。ドクター・ドナーティがくれた軟膏《なんこう》があるのを思い出し、チューブから絞り出して擦り込んだ。それほど効くとは思えなかったが、ドクターの親切はうれしかった。

ニコがじっと見つめている。「何かのアレルギーかい？」

「ええ。手術の前に使った石鹸《せっけん》のせいよ」

ニコは眉をひそめて座り直した。「婚約指輪をはめたときに、かぶれているのに気づいた」

「そうでしょう。ほとんどの女性は柔らかくてきれいな肌をしているのにね。わたしほどプリンセスらしくない女性はいないのよ。皮肉じゃない？」

「きみほど才能のある女性もいない」

「ありがとう。お世辞と受け取っておくわ」

「ほめたんだよ」

「ニコ？」コーリは軟膏のキャップを閉めてポケッ

トに入れた。「あと三週間、わたしは何をしていようかしら？　当然ヴァレンチノの世話をするけれど、二、三日でよくなりそうよ。ほら、わたしは忙しいのに慣れているでしょう」

ニコは鋭い目をして彼女を見つめた。「たとえば、ぼくの仕事を手伝うのは？」

とうとう言ったわ！「何をしているの？」

「当ててみたら？」

「あんなすきのない契約書を作ったところを見ると、弁護士かもしれないわね」

「はずれだね、ヴァレンチノ？」

「それなら船員？」彼は海や川や湖が大好きだ。

「もっと遠くなった。二、三日待ってくれ。そうしたらきみの好奇心を満足させてあげるよ」

「今教えてくれないほどの秘密なの？」

「いや。きみの反応を見て満足したいだけだ」

「今、好奇心でいっぱいなのよ」

「結構だね。好奇心は人生のスパイスだ」

彼女は意味ありげに片方の眉を上げた。「ボルジア家の血を引いている人の言いそうなことだわ」

ふたりとも暖炉の火を見つめた。

「策略家としての血は？」

「それもあるわ」

「きみはぼくが怖くないんだな？」

コーリは深く息を吐いた。「怖がって当然なの？」

「たぶん」

うれしさに震えが走った。「真夜中の鐘が鳴ると変身するんじゃ――」

「わからないのならそのほうがいいのかもしれないな」謎《なぞ》のようなことばだ。

ニコはさっと立ち上がった。炎に照らし出された彼の姿は実物より大きく、空港ではじめて見たときよりずっと危険に見えた。

ニコに見とれていると、またしても彼と目が合い、コーリは横を向いた。

「遅くならないうちに、コーザと話してくる」

「管理人のご夫婦？」

「そうだ。長くはかからない。心配いらないよ。鍵《かぎ》をかけていくから」

「わたしたちなら大丈夫よ」コーリは請け合った。

かちりという鍵のかかる音を聞いてから、彼女はガウンを脱いで毛布の下にもぐり込んだ。ニコの様子が変だったことをしばらく考えた。どういうことかわからない。

ニコにはいろいろな面がある。それが彼の魅力だ。まだコーリの知らない面もあるが、不満ではなかった。重要なのはただひとつ、彼がコーリのすべてになってきていることだ。

だから今、こうして一緒にいる。そして彼に送り返されるまでこのままでいたい。

8

三日後の深夜、コーリは暖炉の前で眠っているニコとヴァレンチノのそばをそっと離れた。できるだけ足音を忍ばせて寝室に入り、ニコの携帯電話を手にした。二時だ。ドクター・ウッドはまだ夕食をとりに家に帰っていないはずだ。

「北モントレー郡動物病院です」受付のジェニーが言った。

「ハイ、ジェニー。コーリよ。そちらはどう？」

「コーリ！　すべて順調よ。だけどドクター・ウッドは今いないの。サランダーさんのところに行っているわ」

「まあ！　そのことで電話したの。もう馬のお産はすんだかどうかきこうと思って」

「今にも産まれそうよ」

「立ち会わなくてはいけなかったのに」

「休暇をふいにして？　冗談でしょう！　わたしだったらイタリアで一カ月の休暇を過ごすためならどんなことでもするわ。ピザをつまんでいるセクシーな男性たちのほうが彫像よりも魅力があるでしょう。わかる？」

コーリはてのひらに食い込むほど電話機を握り締めた。妙な運命のめぐり合わせで、彼女はもっとも魅力的な男性と結婚したのだ。話題を変えなければ。

「クロエはどうしてる？」

「診療室とあなたの住まいのあいだの廊下で寝ているわ。あなたを待っているのよ」

「まあ……」コーリの目は涙でいっぱいになった。

「毎晩ドクター・ウッドが連れて帰ってロキシーと遊ばせているから、そんなに寂しくないでしょう」

ロキシーはかわいいボストンテリアだ。「ドクター・ウッドらしいわ」

「本当にいい人ね」

「ジェニー？　わたしから電話があったと彼に伝えてくれる？」

「もちろんよ。クロエを電話口に出したいんだけど、ドクター・ウッド以外の人間が近寄ると怒るの」

「わかるわ。声を聞かせようと思ってくれただけでうれしいわ、ジェニー」

「いいのよ。さっきも言ったけど、家に帰らなければならなくなるまで、できるだけ楽しむといいわ」

家？

ニコがいないプルーンデールを、前のように家と思えるだろうか？

電話しないほうがよかったのかもしれない。彼女は会話に身が入らなかった。

「コーリ？　聞いている？」

「えっ？　もちろんよ！」コーリはあわてて涙をぬぐい、ジェニーを安心させようとした。「別の電話が鳴っているみたい。またすぐかけるわ。バイ」

　コーリは電話を切った。ニコと永遠に別れることを思うと恐ろしい。彼女の世界はもう前とは違ってしまったのだ。

　ニコの寝顔を見たい。コーリは急いで部屋に戻った。カウンターに携帯電話を置き、そっと自分のマットレスに横になった。

「もうホームシックかい？」コーリが好きでたまらない、よく響く低い声がした。

「上司に電話をして様子を聞いたほうがいいと思ったのよ」

「順調かい？」

「ええ」彼に聞こえるに違いないほど胸がどきどきしている。「起こしてしまったのならごめんなさい」

「いや。ずっと眠れないでいた」

　コーリは彼のほうを見た。「どうして？　具合が悪いの？」

「いや」

「それならどうしたの？」彼女は警戒した。

「気がつかないのか？」

　コーリは起き上がり、目にかかる髪を払いのけた。

「何？　わからないわ」

「聞いてごらん……」

　ニコは大人だ。だがヴァレンチノを連れてのんびり散歩して、ぞっとするほど脂っこい食事を作っておいしそうに食べるというこの何日かの暮らしの中で、手におえない子供のような面も見せていた。

　ヴァレンチノもすっかり目を覚まし、起き上がって警戒する姿勢をとっている。

「何も聞こえないわ」

「そうなんだ！　きみがヴァレンチノの呼吸音を治してくれた。ぼくはあの音で眠れなかったのに。今は静かすぎて眠れない」

思いがけない告白に、コーリは吹き出した。「先にそのことを考えるべきだったわね」

「それだけじゃない」ニコの声は元気がない。「きみが来てからというもの、ヴァレンチノはきみの脚の上で寝るようになった。ぼくはひとりで寂しい」

わたしだって寂しいわ、ニコ。あなたがほしくてたまらない。つらいのよ。

「目をつぶって。お話してあげるわ」

「どんな話？」

「お決まりの話よ。昔々、遠い国にハンサムな王子様がいました」

「母が昔、おとぎばなしを読んでくれようとした」ニコがさえぎった。「だが、ぼくは好きじゃなかった」

「そうでしょうね。この王子様は、あなたみたいにあらゆる富に恵まれていたの。それなら悲しいことなどないだろうと思うでしょう？　ところが彼は悲しかったのよ。王子様はよく森に行っていたから、運動は何でも上手になったのね。何年もたつうちにいろいろな動物と仲よくなったし、よい行いばかりしていた。それなのに落ちつかない気持ちがだんだん大きくなっていったの。毎日、夕方になるとだれもいない塔に上って窓から外を眺め、眼下の町の人たちのように自由になれたらと思っていた。皮肉なことに、町の人々も夢を追っていたのよ。狭苦しくてやかましい家の洗濯物の列越しに、丘の上の城を憧《あこが》れの目で見ていたの。王子様になって一年中、運転手つきの豪華なリムジンで、チョコレートを食べながら国中を旅していられたらいいなと思って」

「チョコレート？」ニコの大きな笑い声が響いた。

コーリも口もとをほころばせた。「とろっとしたトリュフや、王子の窓の外の立派な木になる甘くてみずみずしい金色の梨《なし》の夢もね」

笑いがおさまると、ニコは言った。「町の連中がそんなことを考えているとは王子は夢にも思わなかっただろうな」

　コーリはそしらぬ顔をして続けた。「そうね、知らなかったでしょう。自由になりたいということばかり考えていたから」

「何のために？」

「ああ……おとぎばなしはきらいではなかった？」

「気が変わった」

「残念ながら、その先は知らないのよ」

「中途半端にやめるなよ」妙にくぐもった声で、彼は言った。「ちょうど面白いところに来たのに。知らないのなら続きを作ってくれ。スリルのある暮らしをしなくては」

　コーリは彼を盗み見た。暖炉の残り火にきらめく黒い目がこちらを向いている。彼女は身震いした。

「きみとのこの暮らしはまさにスリルがある」

　ニコは動揺したように、豊かな黒髪に片手を走らせた。

「こうしよう。明日きみに、王子がどうなったか教える。その話の結末がわかるように」

　飛び上がりたいほどわくわくしたが、コーリはただうなずいた。「すてきだわ。さあ、あなたはどうかわからないけど、わたしは眠くなってきたわ」

　枕《まくら》に頭をつけるとすぐ、ニコが横で動いた。

「ニコ？」声が震える。彼は最初の夜のように、ぴったりと寄り添ってきた。「何をしているの？」

　ニコは彼女の洗いたての髪に顔を埋《うず》めた。「いいだろう？　寒いんだ」

　彼を誘惑しようとしたあのとき、わたしも寒いと言ったわ。

「ま、薪《まき》はもうないの？」

「切ったのはない」ニコはそう言って彼女を腕に抱き寄せた。

コーリは彼が唇を重ねてくるのを待った。長い時間がたったような気がした。待ち遠しくて自分からニコのほうを向いた。手術室で彼の両親に邪魔をされてからというもの、もう一度腕に抱かれたくてたまらなかったのだ。

彼女は熱っぽくささやいた。「ニコ？」

返事がない。

頭を上げてみると彼は寝入っていた。夜が明けるまでコーリは悶々《もんもん》として過ごした。

ひと晩中眠れなかったはずなのに、朝もだいぶ遅くなって目が覚めたときには驚いた。だれもいないとわかると、コーリはがっかりした。

キッチンのカウンターにニコの置き手紙があった。

〈ヴァレンチノをコーザのところへ連れていく。戻ったらトリノへ行こう。外はさわやかだ。バイクで行くから、昨日買ったセーターを着るといい〉

沈んでいた気持ちが興奮に変わった。とうとうあの複雑な事情のある元王子が、何をして生活費を得ているのかがわかるのだ。

コーリは急いで朝食をすませ、髪を編んだ。浴室を出る前に淡いオレンジ色の口紅をつける。今までは化粧をしたことがなかった。

ベッドの上に昨日買ったものがのっている。彼女はちょっと考えて、クリーム色のジーンズとそれに合う長袖《ながそで》のタートルネックのシャツを着た。黄褐色の新しいカーディガンとサンダルで調和がとれた。

少ししてニコが玄関から入ってきてコーリを誘った。彼女の服のことは何も言わない。だが、彼はオートバイ用のジャケットを着ながら、黒い目はいつまでも彼女に注がれていた。

コーリはヘルメットをつけ、何も気づいていないふりをしてニコのあとから玄関を出た。バイクがもう車庫から中庭に出してある。

コーリはバイクに近づいた。「日が当たると真っ赤な炎に包まれているみたい。〃わたしはここだ。乗れるものなら乗ってみろ〃と言っているようね」

「きみはもう乗ってみただろう」

ヘルメットのストラップを留めた彼と、コーリの目が合った。

「あのときは悪かったわ」

「そのことばを忘れるな」ニコはからかった。「かっとなるときみはすぐにまた同じことをするに違いない。だんだんぼくたちが似たもの同士だとわかってきたよ」彼はバイクにまたがった。

似たもの同士？

コーリは彼の後ろにまたがって、引き締まったウエストにつかまった。「わたしはバイキングの血を引いているのよ！」

笑い声が流れてくる。「空港ではじめてきみを見たとき、そうだろうと思った。たいがいの男はきみとやり合うのを怖がるだろうな」

コーリは言い返したが、エンジン音にかき消された。ちょうどハイウエーに出たところだ。腹だちは消えて、心から愛する男性と一緒にいる喜びだけが心を満たした。

トリノの郊外に入ると、ニコは東を目指した。ハイウエーを出て何度も道を曲がる。やがて住宅地というより工業地帯らしいところに来た。

ニコはスピードを落として、倉庫のような建物の敷地内の駐車スペースに入っていった。たくさんの車が止まっている。小さな建物の裏手に回ってバイクを止めた。ドアに〃私用〃という意味らしいイタリア語の表示があった。ニコはドアの鍵《かぎ》を開けた。

建物に入るとすぐ左手にある部屋に導かれた。コンピューターやモニターが何台かあって、普通のオフィスらしい。

ニコは机に近寄り、コーリはヘルメットを脱いだ。

「ひとりでコンピューターの仕事をしているの？」

ニコのほうを向いて、コーリはきいた。

ニコもヘルメットとジャケットを脱ぎ、真ん中のコンピューターの前の回転椅子に座って起動させている。コーリの声が聞こえなかったらしい。彼の心の中で炎が燃えているようだ。その情熱が生き物のように迫ってきて、コーリは近寄ってモニターを見ずにいられなくなった。

〝ダネリNT1の試作品一〟というタイトルのレース用のバイクの設計図が画面に現れた。ニコがマウスをクリックすると、込み入ったエンジン部分の拡大図が目に飛び込んできた。コーリはあることに思い当たった。

「NT……ニコ・テスコッティ」コーリはつぶやいた。

記憶の断片が頭の中で組み合わされていく。

ニコは機械エンジニアだったのだ。

「アーネスト・ストラーダに代わったのね」だからこそ彼は、だれも知らないオートバイ業界の情報を知っていたのだ。

ニコはかぶりを振った。「あんな天才のあとがまは務まらないよ。円形のピストン、二重のイグニッション、一本だけのサイドアーム……みんな彼の発明だ。全盛期には飛び抜けた存在だった。ルカを除いては業界のほとんどの人間が、アーネストは頭がおかしいと思っていた」

「頭がおかしいのではなく、よすぎたのね」コーリは言った。「わたしのストラーダ100はいまだに競争相手を寄せつけないわ」

ニコはうなずいた。「ぼくはヨーロッパ開発基金のデジタル化された設計図で彼のアイデアをちょっと改良したにすぎない。今は非常に便利な世の中だ。その改良がたまたまルカの気に入った。彼はダネリのバイクをもう一度売り出そうと決心し、ぼくをレーサーに選んだ」

「謙遜《けんそん》しなくていいわ、ニコ。ほかの設計図も見せてちょうだい」

　彼はキーボードを打った。画面が変わるのを待ちながら言った。「このオートバイは一般道路用で、レース用ではない。二、三のヨーロッパの大手の卸業者を別にすれば、ほとんどがインターネット販売だ」

「世界中から注文が殺到したでしょうね」

　ニコはうなずいた。「アーネストがインターネットを利用できなかったのは残念だ。ほら、これがいちばん人気のあるモデルだ。六〇〇CCで、長時間乗っても疲れないように設計してある。このごろはバイクに乗る女性も増えてきた。女性向けのつもりだったが男性にも好まれている」

　次々と画面にモデルが現れては消える。カフェオレ色とチョコレート色、水色とコバルトブルー、オレンジ色とクリーム色、紫と藤色《ふじいろ》などさまざまな色の組み合わせがあった。

「ううん……。どれがいちばんいいかわからないわ！」コーリは興奮して叫んだ。「みんなあんまりきれいで」

「このモデルはラ・ドルチェ・ヴィタと名づけた」

「〝すばらしい人生〟ね」コーリは英語で高らかに読みあげた。「ぴったりだわ。もっと見せて」

　マウスがかちりと鳴り、画面にまた別のモデルが現れる。

「これはフル装備の一〇〇〇CCのひとつだ。コース用のとは別の強力な車種を求めているレーサーに人気がある。基本に戻って黒にした」

　コーリは身を乗り出した。「サイドワインダーという名ね。がらがら蛇という意味もあるわ」

「よくわかるね。がらがら蛇は横にくねるような独特の動きから強烈に襲いかかる。ロードレースのとき、込み合った山道ではまさにそのパワーが必要なんだ」

「そのモデルを全部見せて！」

　しばらくのあいだコーリはうっとりと画面に見入った。

「これで終わりじゃないでしょう？」ニコがマウスを操作するのをやめると、コーリは叫んだ。

「あとはレース用のバイクだ」

「あなたの赤いバイクのような？」

「そうだ」

「あれは何という名なの？」

「ザ・モンスター」

「ぴったりじゃない！」

　ニコはくすくす笑った。

「本当は女性レーサー用の秘密兵器を見たいのよ」

　ニコの片方の黒い眉が、いたずらっぽく上がる。

「そんなものがあると思うのか？」

「あるはずよ」

　彼は急に向き直って立ち上がった。黒い目は情熱で燃えていた。それは仕事に対する情熱だ。

「信じてくれたほうびをあげよう」彼は低い声で言った。

　ニコは部屋を出て廊下の先の部屋に彼女を導き、ドアの鍵を開けて中に入った。コーリはあえぐような声をもらした。

　レース用のさまざまな装備に囲まれて真ん中に据えられているのは、見たこともないほどすばらしいオートバイだ。ゴールドとシルバーに塗られ、クリーム色のラインの入った車体のまばゆさにはことばも出なかった。

「気に入った？」

「気に入ったただなんて」賛嘆のまなざしで近づきながら、コーリは言った。「これほどすてきなバイクは見たことがないわ。まさに秘密兵器よ！　これに乗って道路に出たら、事故が絶えないわね。ドライバーたちが運転も忘れて見とれるから」

「そうだろう」

彼の声はひどくかすれている。コーリは彼を見上げた。熱を帯びた目がコーリを見つめている。

「わ、わたし思ったのよ。甲冑《かっちゅう》を太陽にきらめかせて馬を駆るアーサー王の配下の騎士ランスロットみたいだと」

ニコの口もとにかすかな笑みが浮かぶ。「ぼくはマーシャ伯爵の妻レディ・グイネヴィアを思い浮かべていた。ベールをかぶった長い髪を輝かせた、息をのむような姿を」

「風になびかせているのね。それこそ王子様が塔の窓から外を眺めて夢見たことだわ」

ニコはいたずらっぽく微笑した。「そうだろうな」

コーリの膝から力が抜ける。「名前は何?」

「まだ決めていない。ふたつあって迷っている」

「迷っているから教えてくれないの?」

「そうじゃない。このモデルはまだ売り出せないんだ」

「どうして?」

「コースでは試乗してみたが道路には出ていない。それでずっとこのままになっている」

コーリはバイクに背を向けた。「見なければよかったのかもしれない」

ニコは眉を寄せた。「どうして?」

「汝《なんじ》、欲するなかれ」

ニコは豊かな男性的な声で笑った。その笑い声が、コーリは大好きだ。

「笑いごとじゃないわ、ニコ。帰国したらわたしは、あのストラーダ１００で満足しなくてはならないのよ」彼女は唇をかんだ。「もちろんあのバイクは大好きよ。でもわかるでしょう? 仕事を見せてくれてありがとう。こんなに楽しかったことはないわ。さあ、山荘に戻ったほうがいいわ。ヴァレンチノが散歩に行きたがっているでしょう」

「その前に工場を見たいんじゃないのか？」

「いいえ。見ないほうがいいわ。母によく言われたのよ。買えないのならショーウインドーはのぞくなって」

「お母さんは賢明な人だったようだね」

「ええ。母が城下に住んでいたら、城を一度見たきりであとはもう見なかったでしょう」

「そんなに自分を抑えられる人間は珍しい」

「そうね。姉だったら欲求不満になって、何としても自分の力で買えるように努力するわ。姉が正しいような気がしてきた。でも獣医の給料では、三十年間必死にためなければ手に入らない贅沢《ぜいたく》品よ。そのころには年をとり、太ってしまってバイクになんか乗れないわ」コーリはぼやいた。

「それなら今、ぼくの申し出を受けたほうがよさそうだな」

コーリはさっと顔を上げた。「どんな申し出？」

「目の前でぼくのバイクを乗り逃げした見事な手並みを見てから、ぜひきみと一緒にバイクで遠出してみたかった」

コーリは目をしばたたいた。「冗談でしょう？」

「ほら、支度して」

ニコはかまわず、すばやく棚から輝くクリーム色のヘルメット、バイク用の革の手袋、ブーツ、パンツとジャケットを取り出した。コーリはうっとりと見入った。

ニコはコーリがそれらを身につけるのを手伝い、最後にジッパーを上げた。彼の指が触れたところが焼けるように感じる。

「この色のオートバイ用の服や手袋があることさえ知らなかったわ！」

「バイクに合わせて全部特別に注文した」

一瞬、世界が停止した。

「このバイクに乗せてくれるの？」

ふたりの目が合った。「なぜいけない？」

「でも、ニコ――」

「でもは言いっこなしだ。ぼくのバイクを乗り逃げしようとした向こう見ずなきみはどこに行った？」

コーリは頬を染め、バイクを見た。それからニコに目を戻した。「もし事故を起こしたら――」

「大丈夫、ふたりとも元気で無事に帰ってこられるよ」ニコはさえぎった。「さあ、ぼくが外まで転がしていこう。きみが駐車場で少し乗り回して、慣れたら出発だ」

コーリは喜びに息苦しいほどだ。「どこまで行くの？」

「きみはチョコレートが好きなようだから、スイスに行こう」

小走りについていきながら、コーリは興奮しきって叫んだ。「いつも行ってみたいと思っていたの！」


数分後、彼女は駐車場で豪華なバイクを乗り回していた。この幸せが信じられない。隣のジェリーのガレージで、すばらしいダネリに乗ることを夢見ていた子供時代を思えば……。

着替えにオフィスに入ったニコが、すっかり支度をして出てきた。コーリはバイクを寄せた。

ヘルメットのシールドを上げて、彼は言った。

「どうだい、シニョーラ・テスコッティ？」

「ああ、ニコ、生涯で最高の日よ！　何と言って感謝したらいいのかわからな――」

だが、言い終わらないうちにニコは自分のバイクのエンジンをかけた。コーリの目の前で発進する。

またたく間に真っ赤なバイクは遠ざかっていった。

どうしたの？

何で黙って発進してしまったのかしら？

追いつけないところまで行ってしまったらどうしよう。

しかし今彼女が乗るのはストラーダではない。世界一すばらしいレース用のバイクなのだ！ もしかしたら、ニコはわたしが遠乗りに向いているかどうか試しているのかもしれない。こんなことを思いついたのも策略家の血を引くせいだ。それならできるところを見せるしかない。

コーリは風を切ってぐんぐんスピードを上げた。追い抜かれた車のドライバーや歩行者がみんな見ている。ベスパに乗ったふたりの若者が口笛を吹き、追いつこうと無駄な努力をした。コーリは動く赤い目標が見えるまでスピードを上げ続けた。彼がどんなに頑張っても引き離せないようにするつもりだ。

追跡は続いた。

コーリのバイクは実に力強く、走行距離はどんどん延びる。トリノを出たと思うとすぐ山道にかかった。雲に見え隠れする太陽がずっと北に来たことを思わせた。

行きかう車が少なくなってきた。ギアチェンジをしなくても楽々と車線変更ができる。山道の大きなカーブの手前で彼はコーリに並んだ。いたわる気になったのだろう。

コーリが横をちらりと見ると、ニコは親指を立てた。彼がそんなしぐさをすると、ほめられた気がする。いつもの彼に戻ったようだ。コーリはほっとして、今は風景を心から楽しむことができた。

コーリはマッジョーレ湖を絵本でしか知らなかった。その有名な湖が宝石のように美しい姿を現したとき、信じられない気がした。岸辺に沿って絵のような山小屋が点在している。

ニコとバイクを並べ、息をのむような眺めが広がる道を走る。幸せすぎて別世界に来たようだった。

道が下りになって谷に入っていく。コーリはニコのあとについて谷を抜けた。ニコは湖からしだいにそれて山の頂上の牧場に続く道を走っていき、コーリはまた彼に追いつこうとスピードを上げた。

どちらを向いても車の通りはほとんどない。ふたりはバイクを傾けてカーブを次々と曲がりながら、北を目指して風のように走った。雲が厚くなる気配があったが、ニコは忘れているようだ。

外へ遊びに出た子供みたいに、ふたりは自由自在に走り回れるのがうれしくてならなかった。

だが残念なことに雨が降ってきた。はじめはぽつぽつと落ちてきた雨は、すぐ風に乗ってヘルメットのシールドをたたきつけるほどになった。

ニコがついてくるようにと合図し、湖の端に見えた町に向かって山道を下りはじめた。スピードを抑えているのはコーリを気づかってのことだろう。道が濡《ぬ》れて、タイヤが滑るようになってきたので、コーリにはありがたかった。

やっとロカルノに着いた。通りに面した一軒のホテルの鎧戸《よろいど》に鮮やかなスイスの国旗が描かれている。雨は土砂降りになっていた。

幸いニコは町なかの道をよく知っていた。すぐにガソリンスタンドを見つけ、バイクを軒先に止めて給油した。

彼が支払いをすませ、外で待っているコーリのところに来た。バイクを止めるとはじめて彼女は寒さが身にしみた。

「嵐《あらし》は朝までやまないだろうということだ。この近くに前に泊まったことのあるゲストハウスがある。電話したら空き部屋があるそうだ。行こう」

コーリの鼓動が乱れた。

イタリアに来てからというもの、アパートメントでも船の上でも山荘でも一緒にいた。彼と一室で過ごすということでは今夜も今までと変わりはない。

だが、何かが違う。

今夜はヴァレンチノを盾にできないのだ。

9

「ほら、来た。アッフェッタート・ミスト、カッツォーラ、ノチーノ、それにトルテ・デッラ・ノンナだ」

夫とゲストハウスを経営している頬の赤いスイス人の女性がディナーを運んできて、暖炉のそばのテーブルに置いた。「ごゆっくりどうぞ」ティチーノ地方の強い訛《なまり》のある英語だ。

「ありがとう」彼女が出ていくと、ニコはドアを閉めた。

暖炉には火が赤々と燃えている。相変わらず山小屋風の建物の屋根をたたいている雨の音が、ロマンチックな雰囲気を壊しているのかもしれないし、あるいはもっとロマンチックになるのかもしれない。

コーリはそのことが頭から離れなかった。ニコをちらちらと盗み見る。彼がそばに来て座った。黒いタートルネックのセーターにジーンズ姿で、男性的な魅力にあふれている。

法律と教会が認めたわたしの夫。そしてわたしには心の夫でもある。でも彼にとってわたしは何？

「あ、あなたがイタリア語で言うと、みんな特別おいしそうに思えるわ」コーリはつかえながら言った。「アッフェッタートって何？」

「たいした料理ではない」

彼のこんな気のない口調ははじめてだ。コーリがどんなに傷つくかわからないのだろうか。

「サラミとハムの前菜だ。メインコースはいろいろなソーセージにポテトとチーズ。デザートのシュガー・タルトは気に入ると思う。ノチーノは飲むかどうかわからないが」

「ノチーノって？」

「ああ……。ぴりっと来る胡桃《くるみ》の香りのリキュールだ。コーヒーのあとに飲むと最高だよ」

「あとで飲んでみるわ」

「きみはやっぱり冒険好きだな。今日、よくわかった」

　コーリにはまたニコがわからなくなった。気まぐれな様子はいつもとどこか違う。食事を始めても沈黙が続いた。食事の途中で彼女は我慢できなくなった。

「今日のことは忘れないわ。オフィスの建物の前でお礼を言いかけたのに、言い終わらないうちにあなたは発進してしまったのよ」

　ニコはポテトとたまねぎを食べ終えた。「礼を言うことはない。言うことを聞いてくれたら、ハネムーンのあとで好きなバイクを結婚祝いとして贈ると言っただろう。約束は守るたちでね」

　コーリはうつむいた。こんなニコははじめて見る。彼女はフォークを置いた。食欲がなくなっていた。

「バイクはいただけないわ」

「どうして？　妙なプライドでベッドをともにしないうちは、ぼくからのプレゼントは受け取れないのか？　それなら今夜その問題を解決してもいい」

　コーリの息づかいが浅くなった。「軽く言わないで。わたしには重大なことよ」

「ジェリーとやらのために一生身を守るのか？」

　彼の挑発にのってはならない。

「彼は八歳も年上でいつもわたしを子供扱いしていたのよ。バイクの好きな者同士で友だちづき合いしていただけだわ」

「きみは今でも彼を忘れていない」ニコは言い張り、タルトをひと口でのみ込んだ。

　コーリはテーブルを離れて立ち上がった。「彼がダネリを持っていてわたしにバイクを教えてくれたから忘れないだけよ。わたしがダネリ社のチーフエンジニアが生んだ最新のレース用バイクでアルプスを回ったと知ったら、彼はきっと心臓発作を起こすわ。もっとも、信じてくれないでしょうけど」

「彼はまだレースに出ているのか?」

「いいえ。子供ができたから奥さんにあきらめさせられたんでしょう」

「気の毒に」彼は声をひそめてつぶやいた。だがコーリは聞き取り、またこころを傷つけられた。

「だれもがあなたみたいに自由でいたいと思っているわけではないのよ、ニコ。三十日の期限が切れたら、もうわたしにわずらわされることはないわ」彼女は戸口に向かって歩きだした。

「どこへ行く気だ?」

「階下《した》よ。フロントに地図や絵はがきがあったから買いたいの」

「ぼくも一緒に行こう」

「いいえ」心にもない返事が口をついて出た。「コーヒーを飲んでいて」

ニコは立ち上がった。「ひとりで飲むより妻につき合いたい」

コーリはドアの前でためらった。「妻なんて言わないで」

ニコの表情が厳しくなった。「いやだと言ってもきみはぼくの妻だしバイクはきみのものだ」

また話が逆戻りだ。

コーリはドアの枠に手をついて体を支えた。「いただく理由はないわ。教会に無理やり引っ張っていかれただけですもの」

「確かに」ニコがそばに来た。「だが司祭の前でひと騒動起こしても当然だったのに、きみはそうしなかった。それだけでもぼくもエンツォも感謝している」

「だからといって十五万ドルもするものはいただけ

ないわ。ほかのだれよりあなたにはわかるはずよ」

ニコの謎《なぞ》めいた黒い目が先を言うように促す。

「あなたが王位を放棄したのは、自分で額に汗して働いて得た地位ではなかったからだと思うの。自分の気持ちに忠実なあなたを、わたしは尊敬しているわ」

「そういう面もあるのは確かだ。だが全部ではない」

ニコは相変わらず感情を出さない。本心を明かす気がないのなら、もう何も言うことはない。コーリはさっと戸口を出た。

「プリンス・テスコッティ、プリンセス……こっちを向いてくださいよ！」

いっせいにフラッシュが光る。コーリがあとずさるとニコの胸にぶつかった。彼はコーリを引き戻してドアを勢いよく閉めた。

「パパラッチが待っているのではないかと思っていた。だからひとりで階下に行かせたくなかった」

コーリは彼の胸に顔を埋《うず》めた。「びっくりしただけよ。あなたがどんなに報道陣がきらいか忘れていたわ」

「いいか、コーリ。守られなくてはならないのはきみなんだ。カリフォルニアに帰るまで山荘に閉じこもっていたほうがいいと思う。あそこならふたりきりだから自由にしていられる」

コーリは固く目をつぶった。彼のことばに離婚するときが近いことを思い知らされた。無意識のうちにその事実を拒否していたのに。

ニコのことばは、無視できない目覚まし時計のベルの音のようなものだ。イタリアを離れる日まで耐えるにはたったひとつの方法しかない。

「リキュールを飲んでみるわ」彼の腕を抜け出すと体がこすれ合う感触に息が止まりそうだ。「あなたも飲むでしょう？」コーリはどうやら倒れずにテーブルに近づいた。

彼は答えない。コーリはかまわずふたつのグラスにリキュールをついでひとつを渡した。そして黒い宝石のような目をたじろがずに見つめ返した。

「大事な頼みがあるの。その前にあなたに乾杯したいわ。姉に助けてくれと泣きつかれたとき、わたしはあなたを王子様の服を着た狼《おおかみ》だと思ったの。でもそうではなかったわ」

コーリはニコとグラスを触れ合わせ、黒っぽい酒をひと息に飲んだ。のどが焼けつくようだ。だがそれさえほとんど感じないほど胸の痛みのほうが大きかった。

ニコはグラスを口に持っていこうとしない。じっと動かないその様子に、コーリは落ちつかない気分になった。

「では、頼みたいことを言うわね」彼女は言った。「別れる日まであの診療所にいられるように、ドクター・ドナーティに頼んでもらえない？　あなたは仕事に戻らなくてはならないでしょう。わたしも忙しくしていたいの。あの診療所は森の中にあるから、ドクター・ドナーティはわたしが知らない野生動物をたくさん知っていると思うの。とても勉強になるわ」

そのときニコがグラスを飲み干した。「夜もあそこにいるわけにはいかないだろう」彼はグラスを置くと、怒ったように言った。

「もちろんよ。せっかくのあなたの計画がだいなしになるわ。あなたが仕事に行くときにわたしを診療所まで送って、夕方迎えに来てくれるといいと思うの。普通の夫婦に見えるようにしていなくてはならないんですもの」

ニコは謎めいた表情を浮かべた。何ごとか考えているらしく、無意識に胸をなでている。

「きみがそうしたいなら、彼に話そう」

コーリが思っていたより話は簡単にすんだ。ニコも残りの三週間、彼女をどうしたものかと思っていたに違いない。話がすむとくつろいだようだ。

「うれしいわ。ありがとう」コーリはグラスをテーブルに置いた。「先にシャワーを浴びていいかしら」

ニコは軽くうなずいた。「ぼくもきみに頼みたいことがあるがそれはあとでもいい」

コーリの心の中で警報ベルが鳴り、血が全身を駆けめぐる。急いで席を立って浴室へ行った。やがて備えつけのガウンを着て出てくると、ニコはテーブルについて電話をしていた。食事のあと片づけは終わっていた。

コーリは急いでベッドに近寄り、カバーをはいだ。

「まあ」むき出しになった枕《まくら》の上に、チョコレートバーが置いてある。うれしくなって振り返ると、ニコと目が合った。「親切ね。ありがとう、ニコ」

「妻を喜ばすためなら何でもない」

コーリの耳に脈を打つ音が響く。彼は目的があって機嫌をとろうとしているのだ。

「わ、わたしに頼みたいことって何？」

「今日、きみの見事な運転ぶりを見ているうちに、思いついたことがあって抑えられなくなった」

コーリはかぶりを振った。「わたしがずぶの素人だってことはお互いにわかっているわ」

「レーサーを職業にしろとは勧めない。だがきみにはレーサー志望の人間がうらやむほどの才能がある。ぼくにはわかる。だから信じてくれ」

信じているわ。あなたの賛辞はさっき飲んだ強いリキュールのようにわたしを酔わせるのよ。

握り締めていたチョコレートバーが柔らかくなっている。コーリは菓子をカバーの上に置いた。「今夜はお礼を言うことばかりだわ」

「ぼくがぶつぶつ言っていたのは聞かなかったんだね？」

「ええ、もちろんよ」

彼は立ち上がった。圧倒されるほど背が高い。

「ときどき、世界中のオートバイの雑誌の編集者たちから記事を書かせてくれと言われて困っている。ルカもぼくをせき立てるんだ」

「あなたが断る理由はわかっているわ」コーリの声が震えた。「そのことは信じてほしいの」

ニコの目が細くなった。「きみを信じていなかったら、ルカにまたひと財産作ってやれそうだと直感したバイクに近づけたりはしない。きみは何も知らずに言ったのだろうが、秘密兵器ということばはまさにぴったりだ」

「知っていたわ」彼の目を見つめてコーリは静かに答えた。「あのバイクが画期的なものだと。編集者たちの本音は、王子の座を降りた人間の記事が書きたいだけだと認めるのは悔しいでしょうね。雑誌が飛ぶように売れるだろうからって。あなたがけっして応じないことがわからないなんて、何てばかなのかしら」

「その求めに応じないのは確かだ」彼は同意した。「だが、きみが助けてくれるなら、ぼくは自分の過去に関係なく新しい製品を売り出せる」

わたしの助け？

ふたりはこれまで何度も言い争ってきたが、いつもコーリが折れた。仲たがいしたくなかったのだ。

「オートバイの新しい市場を開拓する手伝いは契約には入ってなかったわ」コーリは自尊心のかけらを守ろうと必死になった。

「問題ない」ニコは冷静に答えた。「ぼくの考えを実行に移すのは、一緒にアメリカに行ってからだ」

ニコもわたしと同じように別れがつらいのかしら。コーリの胸にはじめて淡い期待が生まれた。もしそうなら口に出して言ってほしい。

「ど、どうしてそんなことをするの？」

「医療品の入った鞄《かばん》を持ち、お下げの髪をなびかせてストラーダ１００で農地を突っ走るきみの写真を撮るために。漠然とぼくの頭にあったアイデアにそのイメージがぴったりだ。どんなふうに進めていけばいいのかとうとうわかった」

「それが頼みごとなの？　バイクに乗ってポーズをとることが？」

片方の黒い眉が皮肉っぽく上がった。「きみはただ走り回っていればいい。カメラマンが撮る。きみがカメラマンがいることにすら気づかないうちに」

コーリはきつい目をして顔をそむけた。

どうしてわたしを愛してくれないの、ニコ？

「ここ何年か、ぼくは戦争のときからのアーネストとルカの革新的な仕事が評価されるようにしたいと思ってきた。今度の記事で、オートバイの業界だけでなく一般社会にまで彼らのすばらしさが伝わると思う。アメリカの獣医が今もアーネストの作った旧モデルに乗っている写真を見れば、ダネリ社の製品の寿命の長さがわかるはずだ。きみが姉さんの代わりにイタリアに来たのは運命だ。ぼくならイメージにぴったりの写真をすぐに選び出せる」

コーリが何とか立ち直って言った。「バイクもわたしも泥だらけなのがいいということね」

「そんなところだ」ニコは面白そうな目をした。コーリの心はますます傷ついた。「見出しはこうだ。〝アメリカ合衆国カリフォルニア州プルーンデールの頭のおかしい獣医にさえ、ストラーダ１００は欠かせない〟」

コーリはうつむいた。彼のアイデアがすばらしいのは確かだ。

ダネリ社が工場を閉鎖したいきさつは秘密に覆われている。どの雑誌社になるかはわからないが、ダネリ社の華々しい復活という記事の特集号で大もうけできるのは確実だ。

「わたしが大のダネリ・ストラーダファンだということは確かよ。だから言うんだけど……」

彼女はニコの目をまっすぐに見た。

「わたしが帰国してからカメラマンに病院に来てもらえば撮影できるわ。あなたが来る必要はないと思うの。わたしも約束はいつも守るのよ」

「そう言ってくれてうれしい。だがぼくが写真だけでなくあらゆる面でチェックしないうちは記事は出せない。だいいちきみはまだぼくの妻だ」

「何ですって?」コーリは声をあげた。「結婚契約書には三十日が過ぎたらどちらが言い出しても問題なく離婚できると書いてあったわ」

「すばらしい記憶力だ」保護者のようにニコは言った。「だが、離婚が認められるまでの時間は決められていない。イタリアの判事しだいだ」

「テスコッティ家の名前を使えば迅速に処理してもらえるでしょう」

「その可能性はある」

コーリは歯を食いしばった。「何が言いたいの?」

「我が国の裁判所は処理が遅いということだ。離婚が認められるまで、ぼくはきみに責任がある」

「心配しないで。海を隔てたらわたしたちの結婚なんてなかったことにしてくれていいのよ」

「もしぼくが元王子でなかったら、そうしただろう。だがテスコッティ家の男には従わなくてはならない家訓がある。離婚の判決が下されるまで、ぼくはきみを精神的に支える」

「そんな必要はないわ」コーリはぴしゃりと言った。

ニコは半ば閉じたまぶたの下から彼女を見た。

「そう言われてもテスコッティ家の男として自分だけ義務を逃れたくない。だから結婚が解消されるまでカリフォルニアで一緒に暮らすつもりだ」

「そんなの変よ!」

「だがそうするしかないんだ」両手を腰に当てたニ

コの姿はいかにも男性的だ。「きみはクロエに会うのが待ちきれないだろうし早く仕事に戻りたいだろう」

「待ちきれないわ！」コーリは正直に答えた。彼とやり合っていると気が変になりそうだ。「あなたが報道陣に提供するつもりだったゴシップはどうなるの？ どうしても乗り越えられない国民性の違いを理由に妻が去ってしまった失意の元王子という筋書きは？」

「それは変わらない。両親はそれを知ったらすぐぼくと会おうとするはずだ。ぼくはやり直したくてプルーンデールに行っているとエンツォが話す」

コーリは怖くなってきた。「仕事を離れるなんてできるわけないわ！」

「ラップトップ型のコンピューターは偉大な発明だ。きみが動物病院で忙しく働いているあいだ、ぼくも仕事をする」

コーリはこの危機を逃れようと必死になった。

「病院の奥の部屋はふたりでいるには狭いわ」

「ぼくの船よりは広い」

「あなたがいないとヴァレンチノが寂しがるわ」

「留守のあいだ、コーザに山荘で世話をしてもらう。ヴァレンチノは喜ぶ」

コーリはベッドカバーをきつく握り締めた。「ニコ、来てほしくないのよ」

「わかっている」彼の声はいらだっている。「もとはといえば弟への愛情から起きたことなのを思い出してほしい。きみがこんなはめに陥ったのも姉さんへの愛情からだろう。少し我慢してこのゲームを完成させてくれ」

「ひどいゲームだわ」コーリの声は震えた。

「たぶんきみにも、塔の窓から外を眺めている王子が負わされた重荷の一部がわかってきただろう」

コーリは息が詰まった。「一部――残りは何？」

ニコは無視してガウンを取った。「シャワーを浴びてからソファで寝る」

コーリは起き上がった。「どうして答えてくれないの？」

「きみは心配しなくていい」

「心配するようなこと、ニコ？　どこか悪いの？」

浴室に向かうニコの足取りがゆっくりになった。

「医者としてきくのかい？」

「そうかもしれないわ。あなたが王位を捨てた裏には別の理由があるのかもしれないと思ったのよ。ご両親はまだご存じないのね」

「それが何だか教えてほしいね」彼はばかにしたように言った。

「もしかして、不治の病？　結婚には不利になるような病気で、だからあなたは愛した女性を苦しめまいとしたのではない？」

「面白い考えだな。たとえそうでもなぜきみにかかわりがある？」

「わたしだって人間よ」コーリは震える声で言った。「そんな病気だったらだれだってひとりでいるべきではないわ」

「ぼくは今、ひとりじゃない」

「ふざけないで！　いつもそばにいてくれる人のことを言っているのよ」

「きみが喜んでその役を引き受けてくれるのか？」

彼が病気だったら耐えられない。コーリは動揺していた。「本当のことを言って！　あなたは病気なの？」

「だれでもいつかは死ななくてはならない」

コーリは自分を抑えられなくなった。ベッドから滑り下りるとニコに駆け寄って彼の力強い両腕をつかんだ。「お願い。隠さないで、ニコ。耐えられないわ」

「きみがそんなに心配するとは思わなかった」ニコ

はつぶやくように言った。

「やめて！」

「やめてって、何を？」

「わたしの言うことをいちいちからかうのはやめて。一度でいいからまじめに答えて」

鋭く息を吸い込む音。「そんなに真剣なのか？」

ニコは彼女と唇を重ね、身を震わせるコーリの口から息を吸い込んだ。

待ち焦がれていたキスに、コーリは彼の首に腕を回して思いきりすがりついた。

「コーリ」胸に抱き寄せながらニコが名を呼ぶ。ニコも同じ欲望を抱いているのだ。彼はコーリを抱き上げ、彼女には未知の場所に運んだ。

ベッドの上でふたりの手足が絡み合う。コーリは彼の頭を下げさせた。彼にすべてを与え、このめくるめくひとときが続くことを祈っていた。

ニコがとうとう唇を離した。息ができるようになるとコーリは抗議のうめき声をあげた。

「やめないで、ニコ。わたしがいるわ。ひとりだと思わなくていいのよ」

ニコは彼女の胸に顔を埋めた。「子供まで産んでくれる気か？」

「それであなたが幸せなら、そうするわ」コーリはためらうことなくささやいた。

彼の唇が顔中をさまよい、まぶたに、鼻に、そして熱い唇にキスをする。「きみは驚くべき女性だ」

わたしは恋する女よ、ニコ。

「ぼくが早死にしそうにないと知ってもきみの答えは同じだろうか」

意味がわかるまで少し時間がかかった。まだ情熱の渦にとらえられていたコーリはゆっくりと答えた。

「不治の病にはかかっていないということなの？」

こんなことを引き起こすなんて、わたしは何てばかだったのだろう。どんなに愛しているか彼に知られてしまったに決まっているわ。

コーリはニコを全力で押しのけてベッドから飛び出した。

ニコも立ち上がった。「病気だとは言ってないよ」

コーリはガウンのベルトをしっかりと締め直した。

「ええ、そう思わせるように仕向けただけよね」

彼の屈託のない笑顔はとても耐えられない。「どうしようもなかった。こんな犠牲的精神の持ち主に会ったことはなかったから。姉さんがどんなふうにしてきみを代わりに来させたかわかってきたよ」

「ひどいわ、ニコ」コーリはキスでふくらんだ唇から低い声で吐き捨てるように言った。

「きみはぼくと違って今のことを喜んでいないと本気で言うのか?」

コーリは混乱して彼に背を向けた。ベッドカバーの上を探ってチョコレートバーを手にする。

ニコも低い声で言った。「あまりすばらしくてきみがぼくの子供を産んでもいいというのは愛情ではなく同情からだということを忘れるところだった」

「何とでも言えば!」コーリはそっけなく言って菓子をひと口かじった。

「抱き合っているうちについわからなくなった」ニコがまだそう言うのがコーリにはつらい。

そのときニコが背後から彼女を抱いた。彼女の手からチョコレートバーを取ってひと口かじった。

「ううん。きみと同じくらい甘い」またそそられるようなキスを首筋にすると、彼は浴室に消えた。

コーリの頬を涙が伝う。

二度とばかにされるようなことはしないわ。

彼はシャワーを浴びている。コーリはニコの携帯電話を見つけ出し、ちょうど起き出したはずのアンに、カードで引き落とせる電話をかけた。

ニコの狭いアパートメントは、五、六人のイタリア人記者たちでいっぱいだった。ニコがコーリの肩をしっかりと抱き寄せてソファに座り、その前をヴァレンチノが行ったり来たりしている。

相談もしないのに、ふたりともジーンズとプルオーバーといういでたちだ。

ニコは妻に夢中の夫を演じていた。情熱的な恋人を演じるより得意らしい。

ロカルノでの夜のあと、今を別とすれば体が触れ合ったこともバイクに相乗りしたこともなかった。雑誌に載せる記事について話し合ったこともない。これからのことも。両親を訪ねることなど問題外だとコーリはニコに言った。

一週間後には、彼女はニコを連れてカリフォルニアに帰る。ニコを驚かしてやるのが待ちきれない。それを思ってこの記者会見は彼の好きにさせよう。エンツォを守るためには絶対必要なことなのだ。

「順番に質問してくれたほうがいいな。あなたからどうぞ」ニコが提案し、いちばん端の椅子にかけた記者にうなずきかけた。

記者は咳払《せきばら》いした。「みんな知りたいことですが、おふたりはどのように出会われたんですか？」

「彼女に会ったのは弟のほうが先だった。最近アメリカに行ったときに。帰ってくるとぼくに写真を見せた。魅力的な女性だと言うと、彼女はぜひイタリアにオートバイを買いに来たいと言っているとのことだった。全部言ったほうがいいかな？　ぼくはオートバイのデザインを仕事としている。それで弟に、こんなうれしいことはないと言った。彼女は空港に弟が出迎えていると思っていたが、代わりにそこにいたのはぼくだった。ひと目でぼくは彼女の虜《とりこ》になった」

ニコの演技の巧みさは怖くなるほどだ。

次の記者は女性だ。彼女はコーリにほほえみかけた。「元王子にはじめて会ったとき、どう思われました?」

「よくわからない危険な人だと。オートバイで連れさられたとき、勘が当たったと思ったわ」

「でも本気でそう思ったのではないでしょう」三番めの記者が言った。

「彼がバイクのデザインをするだけでなく運転もすると知って、ある程度印象がよくなったの。ツーリングはわたしの趣味のひとつなので」

「会ってすぐ結婚を決意された動機は何だったのですか?」

ずっとコーリの熱いうなじをなでていたニコの手が止まった。

「ヴァレンチノ」

名を呼ばれると、犬はコーリの膝に頭をのせた。彼女は耳の後ろをなでた。「このすばらしい犬に心を奪われてしまったのよ」

「妻はカリフォルニアでは腕ききの獣医だ」ニコが説明して、コーリのうなじにそっと手を当てた。

コーリはヴァレンチノのあごを手で包んだ。「こんな愛らしい目で見られたら、抵抗できるはずないでしょう?」

「海を隔てたそれぞれの国に仕事を持っていたら、結婚生活はどうされるおつもりですか?」

質問の順番はふた回りめに入った。ニコがコーリより先に答えた。

「ぼくたちはハネムーン中だ。まだ何も決まってない」

ただひとりの女性記者がまた質問した。「王子と結婚されたご感想は?」

コーリは深呼吸した。「もしニコが王位を放棄する前に結婚したのなら答えようがあるでしょう。でも、彼はもう王子ではないの。だから朝八時から夕方の六時までオフィスで働く男性と結婚した感想しか言えないわ。わたしたちは、切り詰めた暮らしをしなくてはならないの。ニコは収入をみんな会社につぎ込んでしまうから。彼は料理を教えてくれるわ。一緒にヴァレンチノの世話をして、暇さえあればバイクを乗り回しているの」

　女性記者は身を乗り出し、目を輝かせて聞いている。「実際はどんなかたですか?」コーリは彼女に好意を持たずにいられなかった。

「彼のユーモアのセンスにはすごく腹がたつこともあるわ。何をきいても答えてくれるけど、とてもばかばかしいことをもっともらしく言うのよ」

「わたしの夫とそっくりです」記者は小声で言った。

　ふたりは笑った。

　別の記者がにこりともせずにニコのほうを向いた。

「以前ベネデッタ王女と婚約されていましたね。あなたに失恋したために王女はけっして結婚なさらないのだという噂《うわさ》がありますが」

　コーリはおとなしくしているつもりだった。だがこのぶしつけな質問は手袋をたたきつけたも同じだ。夫に代わって答えよう。

「とてもロマンチックなお話だけれど、多くの報道関係者が新聞を売ろうとしてでっちあげたものでしょう」コーリは思いきって言った。「その噂に少しでも真実があるとしたら、王女は人生を切り開いていくだけの覇気のない気の毒なかたということになってしまうわ」

　記者は憤然とした表情を浮かべた。「では、シニョーラ・テスコッティ、今度はあなたが元王子に失恋することになっても、おおかたのアメリカの女性と同じようにご主人を悩ませることはないと言われるんですな」

「王女とわたしでは立場が違うので比べることはできないでしょう。ニコはわたしとは結婚したんですもの。アメリカ人だろうとイタリア人だろうと関係ないわ」彼女は記者の結婚指輪をちらりと見た。

「今夜帰ってから奥様に、もしぼくが出ていってしまったらどうするかとおききになったら？　奥様もわたしと同じ答えをすると思うわ」

　コーリは記者の顔をひとりひとり見た。「もうわたしに質問はありませんか？　なければあとは夫にまかせます」

　ニコが彼女の肩から腕を離して身を乗り出した。

「撮影時間も含めて四十五分という約束だった。質問はあとひとつにしてもらおう」

「奥様からの結婚プレゼントは？」

「一万ドルだ」

　室内はしんとなり、記者たちは驚いて目をしばたたいた。

「夫は自分で働いて食べていく生活に踏み出したのが遅かったのよ。お金は彼への信頼の表れよ」

「元王子はあなたに何を贈られましたか？」明らかに彼女に反感を持っているさっきの記者だ。その口調にはとげがあった。ききたいことをまだきき出していないのだ。

「人生で最大のスリルをもらいました。バイクに乗る人だったらわかるでしょう」

「ご主人の輝かしいレーサーとしての経歴をみんな覚えていますよ」別の記者が助け船を出した。

「すぐに彼のエンジニアとしての才能も知られるようになるでしょう」コーリは唾《つば》をのみ込んだ。「そういう男性の妻になれて光栄だと思っているわ」

　真っ先に女性記者が立ち上がってコーリと握手した。「ご招待くださってありがとうございました。あなたとご主人がとてもお幸せなのはよくわかります。これからもお幸せに」

10

「すごい写真が撮れましたよ、ミセス・テスコッティ。表紙をあなたに飾ってもらえて、『インターナショナル・モーターサイクル・ワールド』は光栄です。あなたは見栄えがするんですよ。どういう意味かおわかりでしょう」

コリン・グライムズはバイクを寄せてきたコーリに言った。ニコの要請ではるばるロンドンから来たコリンは三十代のハンサムなカメラマンだ。オリヴェーロ農場の敷地を走り回っていたコーリは、バイクもろとも泥まみれだ。

コリンも以前はオートバイのレーサーだった。彼のそばに立っているニコを無視して、コーリは言った。「ありがとう、コリン。こちらこそ光栄よ。あなたの社は業界でいちばんですもの」

コリンはウインクした。「ぼくを見ても評価は変わりませんか？」

「ええ」コーリはコリンの明るい青い目にほほえみかけた。「わたしは十歳のときからあらゆるバイク関係の雑誌を読んでいるのよ。ここだけの話、お宅の社は記事の内容でも写真でも群を抜いているわ」

「こう言えと奥さんを買収したんですか、ニコ？」

「買収する必要なんてないわ」極端に口数が少なくなっている夫に代わってコーリは答えた。「さあ、よかったらわたしは動物病院に戻りたいのだけど。バイクをきれいにしてからシャワーを浴びたいわ」

コリンはうなずいた。「レンタカーであとから行きますよ。ぼくがサンノゼに向けて発《た》つ前にディナーを一緒にするのをお忘れなく」

「楽しみにしているのよ。ドレスを着ようと思っているほどね。夫ですらわたしがドレスを着たところを見たことがないのよ」

　コリンは賛嘆の目で見つめた。「あなたのようにきれいな奥さんなら、着るものなんかどうでもいいんでしょうね」

　ほめたつもりで、コリンは無意識にコーリが忘れようとしていることに触れたのだ。

「だれにでもそう言うんじゃないの、コリン・グライムズ」コーリはからかった。「女性が気にするのはほかの女性の目だというのは本当だと思うわ」

　ニコは何を考えているのかわからない。彼の視線を避けたまま、コーリはバイクのエンジンをかけた。

「ニコ？　コリンと一緒に病院の待合室にいて。一時間以内で行くわ。変身するには時間がかかるのよ。きっとふたりともわたしだとは思わないわよ」

　ふたりに明るい笑顔を見せて、コーリは走りだした。

　数分後、彼女は動物病院の裏手にバイクをつけた。ホースを取ってバイクを洗う。水気をぬぐってガレージに入れると、医療品の詰まった鞄《かばん》を持って裏口のドアから中に入った。

　自室ではアンがコーリを抱き締めて迎えた。

　ふたりは鍵《かぎ》がかかる浴室に入った。

「面倒なことを引き受けてくれてありがとう」コーリは声をひそめて言った。

　アンはいつになくしおらしい様子だ。「わたしだって困ったときに助けてもらったんですもの、せめてこれぐらいはしなければ。お互いさまよ」

　コーリはうなずいた。

「あなたがわたしのドレスを着たら、みんなをあっと言わせることができるわ。わたしたちがうりふたつだってことを忘れないでね、コーリ。本気でこんなことをしたいの？　ロカルノからの電話でこの計画を聞いてから、わたしはずっといやな気がしているのよ」

　コーリの顔が厳しくなった。「あのときあなたはいなかった。彼は許せないことをしそうになったのよ」

「でも根はいい人でなければそんなことにもならなかったでしょう。弟のためにどんなに心を尽くしているか考えてみて」

「それとは別の問題よ」

「どんなことだったの？」

「ゲストハウスでわたしをだまして、ことばや行動に表すように仕向けたのよ、わたしがけっして言うつもりのなかった……ああ、どんなことかはどうでもいいけど」

　アンは唇をかんだ。「あなたが言うようにニコがずる賢ければ、わたしたちがすり替わったことにすぐ気づくはずよ」

　コーリは鋭く息を吸った。「だからクロエをドクター・ウッドのところでロキシーと遊ばせてきたのよ。彼が真実を見破ったころにはわたしはとっくにここにいないのだから、気になるのはクロエのことだけだったの。あなたもここを出られるようにしておいてね。できるだけ早く」

「心配しないで。あさってにはまたセットに行かなければならないのよ。コーリ、どこへ行くつもりなのか教えて」

「言わないほうがいいのよ。ニコに問い詰められたらあなたはしゃべってしまうでしょう。彼はうまいから……」

「どうしてニコを愛していることをあっさり認めて、彼の答えを聞こうとしないの？」

「彼もわたしを愛しているという自信があればそうすると思わない？」コーリは腹だたしげに言った。「彼にもロカルノで告白する機会はあったのよ。でも言わなかった」

「船から電話をくれたときにはあなたに夢中になっているみたいだったのに」

「目的を達成するためなら、だれよりもすごい演技ができる人なのよ。あなただってかなわないわ」

アンはいくらか警戒したらしい。「どれくらいのあいだ姿を隠すの？」

「ドクター・ウッドには一週間以上ということはないと言ったわ。ほかの上司だったらもうとっくにくびになっていたでしょうね。わたしの夫婦間の問題を解決するのが先だと言ってくれるなんて、何ていい人なのでしょう」

「この場合は彼の言うとおりよ」

「ニコがこのばかげたゲームにうんざりしてイタリアに帰るのも遠くないわ」

「帰らなかったら？」

「考えちゃだめ！　いつまでもここで仕事ができるわけないわ」コーリはアンの目を見た。「荷物を詰めておいてくれた？」

「ええ。財布も入れておいたわ。動物病院の車寄せに止めたレンタカーに全部入っているわよ。ドアロックはしないでキーは差し込んだままになっているの」

「わかったわ。もうニコのことは全部知っていると思うけど、最後にひとつだけ言っておくわ。ディナーには『インターナショナル・モーターサイクル・ワールド』のコリン・グライムズというとてもすてきな男性が一緒よ。ロンドンから来たの。前はスポーツバイクのレーサーで、今は社のチーフカメラマンよ。さっきオリヴェーロ農場で別れたとき、ニコはかなり不機嫌だったわ。だからコリンより彼に気を配ってね」

「ニコは嫉妬《しっと》しているのではないの」

「いいえ」コーリは声を震わせた。「どこか変だと感じているのに、それが何だかわからないせいよ」

「怖そうだわ」

コーリは真剣な顔で姉を見た。「彼は……。成功を祈るわ」

「コーリ」

その日の深夜、コーリはモーテルのドアをノックする音に気づいた。眠っていなかった。ビッグ・サー海岸に打ち寄せる波の音が耳について眠れなかったのだ。

ノックに続いて姉の声がしなかったら、フロントに電話をして助けを呼ぶところだった。

「コーリ？　起きて！　入れてちょうだい」

大変なことが起きたに違いない。

「どうしたの？」コーリは恐怖に駆られた。パジャマのままベッドから飛び出して、不器用にドアの錠を探る。「どうしてここにいるのがわかったの？」

ドアが開いた。コーリはあえいだ。「ニコ！」

「ぼくから逃げられると思っていたのか？」長身の黒い影が戸口をふさいでいる。入ってこられると、隠れる場所はなかった。

ニコはドアを蹴《け》って閉めた。薄暗い中でさえ彼は大きくて力強く、態度はいかにも元王子らしい。

コーリは反抗的にあごを上げた。「いいえ。ひとりになる時間が必要だっただけよ。まるまるひと月、夜も昼も一緒だったんですもの」

「新婚の夫婦だったら当たり前だ」

「お願い、ニコ。もうそれを言わないで」ニコの視線が賛美の色を秘めて彼女の体を走る。コーリはベッドの端に置いたガウンに飛びついた。

彼女はガウンをはおりベルトを締めて向き直った。

「わたしたちはすぐ離婚するのよ」

ニコはクイーンサイズのベッドに近づいて腰を下ろした。コーリを見つめたまま彼は言った。「申請したのかい？」

「申請してないのはわかっているでしょう」

ニコは広い肩をすくめた。「ぼくもしていない」

「いい、ニコ」コーリは固くこぶしを握った。「あのとんでもない書類を作ったのはあなたよ。何から何まで考えに入れていたのではなかったの！」

「そうだった。だがきみとひと月結婚生活を送ると、条件が気に入らなくなった。それで新しい契約書を作って持ってきたんだ。幸い姉さんが協力してくれて、きみがいそうな場所に連れてきてくれた。おかげで私立探偵を雇わずにすんだよ」

「アンは信頼できないとわかっていたのに」

「公正に見て、彼女はぼくを魅了しようと最善を尽くした。アン・ラシターはたいした女性だ。もっともぼくには妻がすぐわかる。彼女が病院の待合室に踊るように入ってきたとき、この詐欺師がだれなのかもすぐ見破った。もっと早くここへ来たかったんだが、まずコリンを追い払わなければならなかった。彼がまいってしまったのは本物のミセス・テスコッティなのに、きみの姉さんに恋した気になっていたからね。彼はぼくに告白した。ぼくはうるわしのラシター姉妹の最新の悪ふざけのことを教えて、彼を悩みから救ってやった。アンは彼の恋の行方を知らないはずだ」

コーリの頬は怒りに燃えた。「アンにはうんと弁明してもらわなければ。あのひどい結婚契約書にサインしたのはわたしじゃないのに」

「きみらしいな。けっしてことばに詰まったりしない。それがきみのいちばんいいところだと思っている」

「あなたはまったく道徳観念にとらわれないのね。自分でわかっている？」

「ずっと前からわかっている。そうでなければ王位に背を向けることもなかっただろう」

またあの気のない口調だ。コーリはますます腹がたった。

「人を引っかける名人が考え出したものにサインすると思っているの？　わたしのこと全然わかっていないわね。あなたは自由だと認めてあげるわ。さあその新しい契約書を持って帰って！」

「ロカルノできみが言ったことをずっと考えていた」聞こえなかったようにニコは続けた。

「ばかげたことをいろいろ言ったわ」コーリはかみついた。「何だって思い出させるの！」

「どんなときもそばにいてくれるのではなかったのか？　ぼくの子供の母親になって？」

　コーリは腕で胸を抱いた。「あなたは残酷だわ」

「先週、オフィスで父と話し合った。できるだけ早く父をお祖父《じい》さんにすると約束した。母はもう洗礼式のガウンを二枚買ったそうだ。一枚はエンツォとマリアの赤ん坊に、もう一枚はぼくたちの子供に。今になって母をがっかりさせられない。ぼくたちの子供はほしくないか？」

　コーリは息苦しくなった。「いつかは何人かほしいわ。わたしにふさわしい人との子供を」

「ぼくがきみにふさわしい人間に変わったら？　それで思い出した。エンツォがハネムーンから帰ったあと、彼と電話で長いこと話した。皇太子の最初の活動として、彼はまずきみがヴァレンチノを手術した狩りの館《やかた》のある領地を国に寄贈することにした。彼はあそこを、国立の野生動物保護区、および動物の避難所にするつもりだ。それが彼のずっと前からの構想のひとつだった。行き場のない動物が棲《す》める場所にしたいそうだ。この計画を監督し、円滑に運営してくれる人間をもう探している。ドクター・ドナーティに信用があって、動物に深い愛情を持っている人物を。両親はエンツォとマリアに、王宮に来て一緒に住むように勧めている。だからその人物にあの小さい宮殿に住み込んで仕事をしてもらえば好都合だ。妻以上の適任者はいないとぼくはエンツォに言った」

「もうたくさんよ！　あなたは何年も前に王位に背を向けた。今になってあそこに住むつもりなの？」

「ぼくは王子ではない。インタビューできみが言ったように、朝の八時から夕方の六時までオフィスで働く。あの宮殿に住み込んで仕事をするのは妻だ。あそこにぼくたちは協力して家庭を作る。ぼくのアパートメントは狭くて、足もとにはいつもヴァレンチノがいる。そのうえクロエとこれから生まれてくる子供たちがいるようになったら？　想像してみるといい」

「今すぐ出ていって。でないと警察を呼ぶわよ」

ニコは満足そうな笑みを浮かべた。「呼べるものなら呼べばいい。ぼくたちが新婚だとわかったら、夫婦喧嘩《げんか》かと思って帰ってしまうだろう」

コーリは眉を寄せた。「あなたに必要なのは、あなたに我慢できる女性よ。またハリウッドで今度は本物のあなたを賞品にしたコンテストを開催したらどうなの？　タイトルはこうよ。『元王子と結婚したいのは誰？』誘惑に負けて出場する美人がたくさんいるわ。元王子のほうが倍も魅力的ですもの。王族として見られることに飽き飽きした反逆児というイメージを利用して完璧《かんぺき》な相手を見つけられるわ」

「その相手は目の前にいて負けずにやり返している」

「わたしはだめよ。ベネデッタ王女がまだひとりでいるんでしょう」

「ヴァレンチノはもうきみと離れられない。生涯で最高のスリルを与えてくれたと言ったのは本気だったんだろう？」

「本気でないことは言わないわ」

「結婚の贈り物のバイクのことか？」

「ニコ……」コーリは絶望的に頭を振った。「どう言えばわかってくれるの？」涙で声がうるんでいる。

「きみがぼくを愛していると言ってくれたら。ぼくを愛し、息もできないほど求めていると言ってくれたら。あのゲストハウスでのときのようにぼくの腕に抱かれ、死ぬまで愛してほしいと言ってくれたら。いつまでぼくを苦しめる気なんだ？」

コーリの心と体に火がつき、燃え上がった。彼もまた苦しんでいたのだ。動揺して彼女は顔を上げた。

「い、いつわたしに恋をしたの？」

「ぼくのことをエンツォのボディガードかときいたときに。きみの痛烈な言動はぼくを酔わせた」

「わたしのほうがもっと早かったわ」

コーリはとうとう白状した。もう隠してはいられない。

「空港のロビーで目が合った瞬間だったの。ああ、ニコ。あなたのようにどきどきさせる人はいないわ。わたしはたちまち魅せられ、どうしようもなく恋してしまったのよ。思いを隠しておくのは死ぬほどつらかったわ」

「もう隠さないでほしい、コーリ」彼はぞくぞくするほど魅力的な声でささやいた。「きみなしではいられない。おいで、ダーリン、苦しみを終わらせ、新しい人生を始めるために」

コーリは宙に浮いているような気がした。ニコの強い腕が差し伸べられ、唇が重なり合い、ふたつの体はひとつになった。バイクで一体となったときと同じ恍惚《こうこつ》感がふたりを包む……。

エピローグ

「神と御子《みこ》と聖霊の名において幼子アンナ・ラシター・テスコッティに洗礼を授ける。アーメン」

ルイジ神父は、少しもむずからない赤ん坊をニコの手に返した。ニコは幸せに輝くばかりで、十歳も若返って見える。コーリは夫をちらりと見た。そして、彼が悩み苦しんでいるさなかに出会わなくてよかったと思った。

　そのころに出会ってもうまくいったはずがない。コーリは、つやつやした黒い巻き毛の頭に帽子をかぶったアンナの愛らしい顔に視線を移した。黒いまつげに縁取られたくぼんだ目は緑色になりそうだ。しっかりしたあごはニコにそっくりだ。

　ニコは娘に夢中だ。彼の父親も同じだ。

　かわいそうなヴァレンチノ。競争相手などいたためしがなかったのに。クロエが検疫所から出され、やっとこの宮殿に来てよかった。ヴァレンチノにはクロエがどんな存在かわからなかったが、クロエのおかげで気晴らしはできたようだった。

　ヴァレンチノがかまおうとしないのがよかったのか、クロエはヴァレンチノについて回るようになった。宮殿の中だけでなく、敷地内ならどこへでも行く。クロエは家の中にしかいられず、外へ出すと自分の影に怯《おび》えると思っていたのは間違いだった。

　クロエはどこか自分に似ているとコーリは思った。空港で見たニコの見事なほどまわりに関心を示さなかった態度のおかげで、彼女の人生はすっかり変わったのだ。

　コーリが緑色に輝く目を上げると、夫がほほえみかけている。今まで見たことのない笑顔だ。

ニコのそのやさしい笑顔から、彼の心につきまとっていた陰が消え去ったのがわかる。

幸せよ、と彼女は夫に向かって口を動かした。

ルイジ神父が咳払《せきばら》いした。「ニコ、結婚の誓いをやり直したいそうだが、そのあいだアンナを家族のだれかにあずかってもらってはどうですか」

意外にもニコは母親ではなくコリン・グライムズの隣に立っているアンナの伯母アンのところに行った。大切な娘をアンに渡す彼の唇が動いている。自分とコーリを結びつけてくれたことを感謝しているのだろう。

コーリは、もう数えきれないほどアンに礼を言っていた。死ぬまで言い続けることになりそうだ。特に、短いハネムーンに出かけるあいだのアンナと犬たちの世話を、アンが引き受けてくれたことに。

やっとニコがコーリのそばに来て手を取った。てのひらにキスをしてから、笑顔の司祭の前に導く。

「では始めましょう。汝《なんじ》コーリ・アン・ラシター・テスコッティはニコ・テスコッティを夫としますか？」

彼女はニコのほうを向いた。「前にも誓いました。今日再び誓います。全身全霊を持ってあなたを愛しています」その声は礼拝堂の隅々まで届いた。

「ニコ、コーリ・アンを定められた妻とし、死がふたりを分かつまで尊敬し、愛しますか？」

コーリから目を離さず、ニコはおごそかに答えた。

「もちろん。彼女はぼくの妻です」深い感動のため、その口調はかえってぶっきらぼうだった。

背後で何人ものすすり泣きが聞こえる。マリアはいまだにコーリと同じくらい感動している。ニコの父親の名をとって名づけられた小さな王子のアルベルト二世にはえくぼがある。だれよりも幸せそうな顔をしている父親のエンツォそっくりだ。

いつもは誇り高い祖父母も涙ぐんでいる。新しいテスコッティ家の子孫がふたりも増えたのだ。並んで立っているマリアの両親やドクター・ウッド、ドクター・ドナーティも晴れやかな笑顔を見せている。

「花嫁にキスを、ニコ」

夫はコーリの顔を両手で包んだ。「遠乗りに出る用意はいいかい?」ニコはささやいた。黒い目が興奮に輝いている。こんなときの彼は目がくらむほど男性的で美しい。

「それがわたしの生きがいよ」コーリはささやき返した。

「そう言ってくれるとうれしいよ。実を言うと、早く礼服を脱ぎたくてたまらないんだ」

「わたしも同じことを考えていたのよ」

ニコは彼女に長く熱いキスをした。やっと息をするために離れると、彼は言った。「ぼくを愛してくれてうれしい。きみの新しいオートバイはプリンセス・ブライドという名に決めた。雑誌に記事を掲載するのを承知したときに」

コーリは眉をひそめた。「冗談でしょう? ほかにないの?」

ニコは額にしわを寄せた。「ザ・ランナウエー・ブライド、逃げ出した花嫁は?」

「ニコ、オートバイにそんな名前を……」

優雅に肩をすくめると、ニコはコーリが大好きな豊かな男性的な笑い声を響かせた。

「ううん、あなたのその笑い声で結婚する気になったのよ」

「どうしてそんなことで?」ニコは彼女の形のいい鼻の頭にキスをした。「きみと生きる人生は冒険にあふれている。永遠に終わってほしくない」

「わたしもよ、ダーリン」

ふたりの熱い唇が再び重なった。

わたしも永遠に終わってほしくないわ。

作者の横顔

レベッカ・ウインターズ　アメリカの作家。十七歳のときフランス語を学ぶためスイスの寄宿学校に入り、さまざまな国籍の少女たちと出会った。これが世界を知るきっかけとなる。帰国後大学で、多数の外国語や歴史を学び、フランス語と歴史の教師になった。ユタ州ソルトレイクシティに住み、四人の子供を育てながら執筆活動を開始。これまでに数々の賞を受けたベテラン作家である。

プリンスの花嫁

2004年2月5日発行

著　者　レベッカ・ウインターズ
訳　者　吉田和代(よしだ　かずよ)

発行人　スティーブン・マイルス
発行所　株式会社ハーレクイン
東京都千代田区内神田1-14-6
電話 03-3292-8091(営業)
03-3292-8457(読者サービス係)

印刷・製本　凸版印刷株式会社
東京都板橋区志村1-11-1

編集協力　有限会社イルマ出版企画

造本には十分注意しておりますが、乱丁(ページ順序の間違い)・落丁(本文の一部抜け落ち)がありました場合は、お取り替えいたします。ご面倒ですが、購入された書店名を明記の上、小社読者サービス係宛ご送付ください。送料小社負担にてお取り替えいたします。ただし、古書店で購入されたものについてはお取り替えできません。

ISBN4-596-21662-2 C0297